동화작가 안내서

동화작가 안내서

김경옥 지음

이오앤북스

이 책의 초판은 텀블벅 크라우드 펀딩으로 기획되었으며 많은 분의
후원으로 성공적으로 출판되었습니다. 본 지면을 빌어 후원해 주신 분께
진심으로 감사드립니다.

다 같이 행복한 동화 쓰기가 되길 바라는 실질적이며 유익한 창작 안내서

『말괄량이 삐삐』를 쓴 세계적인 동화작가 아스트리드 린드그렌은 '어린이에게 이야기의 끝은 해피앤딩이고 위로가 되어야 한다.'고 했습니다.

김경옥 작가의 작품들은 린드그렌이 말했던 그런 이야기들이라고 생각합니다. 김경옥 작가는 자신이 동화를 쓰면서 겪는 창작의 고통마저 행복하게 받아들였기에 좋은 이야기꾼이 되었을 겁니다.

누구나 마음속에는 꿈틀거리는 이야기 본능이 있습니다. 특히 동화는 배 속의 아기부터 100세 노인까지 모두가 함께 읽고 즐길 수 있는 문학입니다.

김경옥 작가가 펴낸 『동화작가 안내서』는 신선하고 흥미롭습니다. 요즘처럼 인간성이 상실되고 세상이 피폐해지는 때에, 꼭 작가가 되기 위한 목표가 아니더라도 우리 모두 다 같이 동화를 쓰면서 세상을 따스하고 행복하게 만들어 보자는 작가의 의도가 반갑기만 합니다.

이 책에는 동화작가가 되려면 어떻게 해야 하는지, 어떤 자세로 글을 써야 하는지 등 마음가짐뿐만 아니라, 24년 차 동화작가로서 왕성하게 작품 창작을 하고 있는 김경옥 작가의 실제 창작 방법이 들어있습니다. 또한 10년간 동화작가 지망생들을 가르치고 등단시키면서 그 과정에서 쌓아놓은 창작 노하우를 하나하나 밝혀놓았습니다.

특히 아이를 낳은 부모나 할머니 할아버지, 또 이모나 삼촌도 어린이를 위한 동화를 쓸 수 있다고 격려하면서 세상이 '동화'라는 선한 에너지로 물들기를 바라는 작가의 염원이 담겨있습니다.

작가가 제시하는 창작 아이디어는 솔깃합니다. 두려워하지 말고 쉽게 도전할 수 있도록 구체적으로 창작 아이디어를 귀띔해 줍니다. 누구나, 모두가 창작에 겁을 먹지 말고 '한때 우리도 어린이였다'는 것만으로 동심을 되찾아 가는 마음 여행은 무척 행복할 것 같습니다.

『동화작가 안내서』는 엄숙하고 무겁지 않게, 매우 다정하고 친절하게 동화 창작의 길을 안내하고 있습니다.

기존에 나온 동화창작론이나 아동문학 이론서들이 너무 어렵고 읽기 힘든 독자들이 있다면, 이 책을 꼭 읽기를 권합니다. 작가의 살아있는 경험과 노력에서 나온 지혜가 돋보이는 책으로 읽고 나면 마음이 뿌듯해집니다.

늘 열정과 노력으로 최선을 다하는 김경옥 작가의 추천사를 쓰게 되어 반갑고 기쁩니다.

- 동화작가 정 진
(장안대학교 미디어스토리텔링과 초빙교수, 한국독서지도연구회 초빙연구원)

'K-동화의 시대, 전 국민 동화 쓰기 시대'를 기원하며

'동화작가 안내서'에 대한 글을 청탁받고 사실은 망설여졌다. 내 이야기를 드러내야 하는 것이 부담스러워 뭔가 마음의 준비가 필요했기 때문이다. 또 내 본업은 동화 쓰기라는 생각에 늘 우선순위를 작품 쓰는 데에 두다 보니 '동화 작가 안내서'는 계속 밀릴 수밖에 없었다.

그러다 문득 내 글쓰기 삶을 되돌아보니 어느덧 24년이 되었다. 어느 분야 건 십 년 이상 그 분야에 몸을 담고 열심히 활동했다면 한 번쯤은 내 분야에 관해 이야기할 자격은 갖춘 거라는 생각이 들어 용기를 냈다.

예술의 어떤 분야건 20년쯤 활동하던 중견들을 찾아보면 퍽 다양한 사람이 있다. 어느 가수, 어느 배우, 어느 화가, 어느 작가들이 가끔 이렇게 말한다.

'제가 활동한 지 벌써 20년이 넘었더라고요.'

이들의 그간 활동 경력을 보면 그들은 한결같이 칭찬받아 마땅했다.

그동안 나는 여러 권의 책을 펴냈다. 개인 창작 동화집 40여 권에, 기타 기획물이나 전집물, 공저 등 총 80여 권의 책을 펴냈다. 많은 책을 펴냈지만 늘 부끄럽고 더 좋은 작품을 쓰기 위해 여전히 내 집필실은 뜨겁게 움직인다.

동화 쓰기는 내게 언제나 행복을 선사한다. 이런 행복을 다른 이들과 나누면 어떨까.

'그래. 누군가 내가 쓴 글을 읽고 용기를 얻어 동화 쓰기에 도전하거나 또 작가에 도전한다면 참 의미 있겠다.'

배고픈 사람에게 밥을 주고 어려운 사람에게 물질로 도와주는 것도 큰 공덕이지만 가르치는 공덕은 더 크다고 들었다. 나는 지혜도 짧고 부족한 사람이지만 그래도 이 길을 가고자 하는 분들께 진심을 담은 이야기를 전해준다면 반딧불이의 작은 빛만큼이라도 세상에 빛을 보태는 일이 아닐까.

그리고 작가의 길로 접어든 뒤 쉼 없이 달려온 나 자신을 되돌아보며 중간 점검을 해보는 것도 좋겠다는 생각이 들었다.

나는 그동안 글쓰기 작업과 함께 글쓰기 강의 또한 십 년을 넘게 해왔다. 시니어들에게 시, 수필, 동화를 가르쳤고, 또 동화를 배우고 싶어 하는 비교적 젊은 층들에게 동화 쓰기를 가르쳐온 것만도 10년이다. 그동안 작가로 길러낸 제자들도 꽤 있다. 작가로 등단하고 책을 내고…. 그들의 행복해하는 모습을 보는 것은 퍽 보람 있다. 그들은 제자에서, 이제는 같은 길을 가는 동료 작가가 되어, 서로에게 힘이 되어주는 믿음직스러운 존재들이 되었다.

동화를 배우러 오는 사람들은 주로 세 부류다. 정말 치열하게 글 써서 작가가 되어 밥 벌어먹고자 하는 사람. 또 자기가 어떤 일을 하고 싶은지 아직 파악되지 않아 진로 탐색을 위해 머뭇거리며 슬며시 문을 두드려 보는 사람. 또 꼭 작가가 되기보다는 그저 동화가 좋아 동화 한 편 꼭 써보자 하는 데 의미를 두고 오는 사람. 이런 분들은 자기가 꼭 쓰고 싶은 이야기가 하나씩 숨겨져 있기도 하다.

"선생님, 저는 꼭 써보고 싶은 동화가 있어요. 그런데 이게 동화가 될 수 있는 건지 잘 모르겠어요. 그래도 제 안에 있는 이야기를 한 번쯤은 꼭 써보고 싶어요."

이런 분들은 아주 가벼운 마음으로 와서 짧은 기간 담백하게 수강을 한 뒤 아주 즐겁게 동화 한 편을 쓰고 자기 본업으로 다시 돌아간다. 치열하게 작가가 되고자 오는 분들뿐만 아니라 이런 모습으로 오는 분들도 내겐 참 신선하고 인상적이다. 이런 분들 가운데는 아마도 처음으로 써본 동화 한 편이 인연이 되어 작가의 길로 가는 분도 있을 것이다.

나는 앞으로 동화 쓰기가 이렇게 되어야 한다고 생각한다. 동화는 누구나 쓸 수 있고 누구나 써야 한다! 인간으로 태어난 이상, 누구나 죽기 전에 한 번쯤은 꼭 써봐야 하는 글! 더구나 요즘처럼 인간성이 상실되고 세상이 피폐해지는 때에 동화 쓰기는 선택 아닌 필수라고 생각한다.

동심을 찾아낸다는 것은 '원래의 나를 찾는 일'이다. 먼지로 가려진 거울을 닦아, 내 본래의 모습을 찾는 것과 같다. 어쩌면 종교적 수행과도 닮았다. 깊숙한 곳에 숨겨져 있는 옹달샘을 찾아내 물을 퍼 올리는 것이 동화 쓰기이다. 그건 휴식이며 힐링이다. 또한, 자신에 대한 재발견이다. 마음속에 간직한 맑은 글 한 편 써낼 수 있다면 세상은 따뜻해지고 행복해지는 경험을 한다.

더구나 요즘 K팝, K푸드, K드라마에 이어 K동화 열풍까지 조심스레 점치고 있다. 언론 보도를 통하면 K동화 서막의 신호가 보이기 시작했다.

이런 시대적 흐름과 함께 『동화작가 안내서』를 펴내게 되었다. 이 책은 동화 쓰기에 도전할 수 있게 해주는 안내서이다. 전 국민 동화 쓰기 세상이 열리길 바라는 마음으로, 그동안 가르쳐왔던 경험을 바탕으로 생생하게 전달하고자 한다.

우선 나는 어떻게 작가가 되었으며, 또 작가로서 어떤 생활을 하는지 동화작가의 모습을 허심탄회하게 보여주면서, 아동문단, 아동출판계, 작가 입문 방법 등 작가가 되기 위해 먼저 알아야 할 것들을 써놓았다. 또 동화가 무엇인지, 또 어떻게 동화를 써야 하는지 창작 방법을 소개해 보았다. 필자의 글을 유심히 읽다 보면 생활의 중심에 '글쓰기'가 있음을 느낄 것이다. 대부분 작가는 모든 생활이 글과 연결 지어진다. 무엇을 먹든, 누구를 만나든, 무슨 책을 읽든, 어떤 영화를 보든 결론은 작품창작과 연결 지어진다는 사실이다.

또 나와 함께 동화 쓰기 공부를 한 뒤 등단을 하고, 첫 책을 출간하여 작가로 활동하는 신인 작가들의 글쓰기 당선사례들도 넣었다. 그들의 첫걸음마를 위해 손잡아준 이가 나였으므로 나는 그들의 과정을 생생히 지켜봐 온 관찰자이며 연구자이다. 그들의 첫걸음마부터 스스로 자립하여 프로 작가가 되기까지의 생생한 증언자이다.

그 외에도 엄마가 쓰는 동화, 아빠가 쓰는 동화, 이모, 고모, 삼촌을 위한 동화 쓰기 그리고 할머니, 할아버지까지 동화 쓰기에 도전할 수 있도록 다양한 동화 쓰기를 제안해보았다.

동화는 주 독자가 어린이이긴 하지만 어린이만을 위한 글은 절대 아니다. 배 속에 있는 아기부터 어른까지 남녀노소 누구나 읽을 수 있는 글이 동화이며, 또 누구나 써볼 수 있는 것이 동화이다.

우리가 어릴 때부터 듣고 자랐던 우리나라의 단군 신화나 서양의 창세기 신화에는 동화적인 요소들이 가득하다. 세상이 처음 만들어진 신화는 이처럼 동화와 가장 맞닿아있으며 인간 본연의 모습으로 되돌아가게 해주는 힘을 가진 글이다. 세상에 치여 살다가 본연의 나로 돌아갈 수 있다는 건 행복하다.

이제는 적어도 동화를 유치한 글, 아이들이나 읽는 쉬운 글로 치부해버리는 어리석은 어른들은 없을 거라고 믿는다. 그래서인지 이제 우리나라도 동화를 읽는 어른들 모임이나 동화를 쓰는 어른들 모임이 많이 생겼다.

하지만 더 많은 사람이 동화를 읽고 써서 '전 국민 동화의 시대'를 열어야 한다. 동화는 절대 시시한 글이 아니다. 마리아 니콜라예바가 쓴 『용의 아이들』에는 동화의 단순성에 대해 열거된 글이 있다.

'아동문학이 통계적으로 짧은 문장을 쓰고 어려운 단어를 아껴 쓰는 것이

예술적 장치의 단순화나 빈곤화를 의미하지 않는다. 아동문학의 단순성은 그 자체가 하나의 예술적 장치이다. 종종 성인 문학에는 부족한 어떤 장치이다.'

짤막한 그림책 한 권이 깊은 울림을 주기도 하고 세상 이치를 깨닫게 하며, 상처받은 마음을 치유해 주기도 한다.

이제는 '누구나 작가가 될 수 있고 누구나 책을 낼 수 있는 시대'가 열렸다. 하지만 '아무나 작가가 될 수는 없다.'라는 사실 또한 주지하길 바란다. 솔직히 치열하게 글을 쓰는 사람만이 이 길에서 동화작가로 밥 벌어 먹고살 수 있다. 하지만 설령 밥 벌어먹지 못하면 어떤가! 가볍게 접근해도 좋다고 생각한다.

나는 작가가 꿈이었지만 한때는 꿈을 놓아버린 적이 있었다. 왜냐하면, 작가는 너무 훌륭해서 아무나 될 수 없을 거라는 그 생각이 도전을 멈추게 했다. 그래서 나는 동화를 배우러 오는 사람들에게 '만만하게 생각하고 도전해보라.'라고 말한다. 해보지도 않고 꿈을 놓아버리는 일이 안타깝기 때문이다.

동화작가 안내서는 누구나 즐겁게 동화를 읽고, 쓰고, 즐길 수 있게 하려고 쓴 책이다. 열심히 읽고, 쓰고, 도전하면 작가도 될 수 있고 책도 낼 수 있다. 그리고 동화나라에 발을 들였으면 어쨌든 버텨보길 바란다. 모든 인생의 승자는 결국 그 바닥에서 '버티기'를 잘하는 사람이다. 그러니 뜻을 세웠다면 징그럽게 버텨보길 바란다.

목 차

I

글쓰기 자세
- 두려움 없이 도전하기

01

내 속에 보석이 있더라

동화를 쓰겠다고 온 사람 중에 글쓰기 재주가 있어 보이는 사람은 사실 몇 명 안 된다. 기본 문장도 못 갖춘 사람들도 많고, 상상력이 빈곤하여 창작과는 거리가 먼 사람도 있다. 뭔가를 써내야 하는 끈기가 부족한 사람도 있다. 동화 쓰기에 왜 왔냐고 물으면 그저 '어릴 때부터 일상을 끄적거리는 것을 좋아했다'라거나, 또 아이랑 그림책을 읽다 보니 '나도 쓸 수 있지 않을까?' 생각하고 왔다는 사람도 있다.

막상 글 써온 것을 보면 영락없이 초등학생 글 실력 정도인 사람들도 많다. 더구나 1인칭 시점으로 써온 글은 아이들의 일기장에 쓴 생활문 정도의 글이다. 그래서 1인칭 시점의 동화를 쓸 때 습작생이나 신인들은 수련이 필요하다.

그런데 놀라운 것은 '가망이 있을까?' 싶은 사람들에게서 의외의 재주가 발견된다는 것이다. 그래서 글쓰기는 절대 함부로 예단할 수가 없다. 이들은 울퉁불퉁 원석일 뿐이다. 그 안에 다이아몬드를 지니고 있다는 것을 시간이 좀 지난 뒤에야 알 수 있다.

그들을 가르치다 보면 깜짝 놀랄 정도로 변모된다. 문장이나 동화의 구성력은 얼마든지 배워나갈 수가 있다. 글쓰기는 그런 기술적인 것들 외에 자신이 이제껏 살아온 삶의 경험이나 배경, 상상력, 가치관, 감정, 지식 등이 복합적으로 나타나는 장르다.

어떤 사람을 만났을 때 그 사람이 겪어온 많은 일을 우리는 알지 못한다. 글쓰기는 그러한 것들을 서서히 드러내 준다. 그래서 별 기대를 안 했던 사람이 좋은 작품을 써내기도 하고, 뜻밖의 상상력이 넘쳐나는 사람도 있다.

반대로 아무리 동화 쓰기를 가르쳐도 따라오지 못하는 사람도 있다. 이런 사람들의 특징은 상상력이 빈곤하고, 사물이나 현상을 바라보는 것에도 한계가 있다. 그 너머를 바라볼 줄 알아야 하는데 멈춰있다고나 할까. 그러니 과제를 내주면 머리 아파하고 스트레스가 엄청나다. 결국, 스스로 발을 빼고 만다.

그러나 제 발로 글쓰기 강좌에 찾아온 사람들은 그래도 어느 정도 자질을 갖추고 있다. 시작은 막막하지만 하나씩 가르치고 이끌어주면 본인도 놀랄 정도로 성장을 한다. 특히 수업 중에 '상상력 게임'이나 '나만의 가상 세계' 만들기를 하다 보면 미처 깨닫지 못한 본인의 동화적 상상력에 놀라기도 한다. 물론 정반대인 사람들도 있어서, '내가 이처럼 상상력이 빈곤한 채 살아왔구나.', '내 인식은 늘 현재에만 머물러있구나.' 등을 깨닫기도 한다.

겉으로 보기엔 고리타분해 보이는 사람이, 상상력 수업 때는 신비로움으로 가득 찬 자신만의 세계를 창조하는 경우도 있다. 또 유머도 있고 재치 있어 보이는데 상상의 날개를 전혀 펼치지 못하는 사람도 있다.

또한, 글쓰기는 자기 경험과 관찰, 기억을 더듬게 만든다. 자기 경험과 기억을 섬세하게 끌어내고 사물을 주의 깊게 관찰하는 과정에서 동화가 탄생할 뿐만 아니라, 자신이 어떤 사람인지를 덤으로 알아가게 된다.

동화를 쓰는 일이 즐거울 수밖에 없는 이유가 아마 이런 과정들 때문일 것이다. 아이들의 이야기를 쓰지만 그 과정에서 나를 먼저 발견하게 되고, 내 어린 시절을 찾아낸다.

'내 속에 이런 것들이 있었구나.'

단언컨대, 동화를 쓰다 보면 자신을 알게 된다. 나를 찾아내고 알아가는 과정만큼 즐거운 것은 없다. 내가 얼마나 유머와 위트가 넘치는 사람인지, 내가 얼마나 장난꾸러기 기질이 있는 사람인지, 내가 얼마나 상상력이 가득한 사람인지, 내가 얼마나 사랑이 가득한 사람인지, 내가 얼마나 깊은 슬픔으로 그동안 고통스러워했는지, 내가 어떤 트라우마가 있었는지, 동화 쓰기 과정에서 우리는 발견하게 된다.

첫 작품이 아무리 엉성하고 시시해도 '당신의 글쓰기 실력은 엉터리야.'라고 말하지 못하는 것이 이런 이유 때문이다. 동화 쓰기를 가르치면서 내가 자주 쓰는 말이 있다.

'시작은 미미하지만 그 끝은 알 수 없다. 당신은 얼마든지 가능성이 있다.'

그렇다. 처음엔 문장도 엉망이고 글도 재미없고 시시하지만, 어느 순간 급성장하는 모습을 보이는 사람들도 많다.

우리는 가끔 문학이 너무 거창하게 느껴질 때가 있다. 특히 문학 이론 책을 보면 너무 거대해 보인다. 작가는 '사상가요 철학가다.'라는 말부터 '작가는 세상을 바라보는 혜안이 있어야 한다.'라고 쓰여 있기도 하다. 하지만 진리는 절대 거창하지 않다. 문학은 사람 사는 이야기다. 특히 동화는 소박한 이야기 속에서 독자들에게 감동을 주고 기쁨을 주는 문학이다. 감동은 결코 거창한 서사에만 들어있는 게 아니다. 아주 사소하고 섬세한 감정 속에서도 발견되는 기쁨인 것이다.

여러분이 어떤 동화를 쓰고, 어떤 작가가 될지 아무도 모른다. 원석 안에 감추어진 보석을 글 쓰는 과정에서 분명 발견하게 될 것이다.

글쓰기는 자기 경험과 관찰, 기억을 더듬게 만든다. 자기 경험과 기억을 섬세하게 끌어내고 사물을 주의 깊게 관찰하는 과정에서 동화가 탄생할 뿐만 아니라, 자신이 어떤 사람인지를 덤으로 알아가게 된다.

진리는 절대 거창하지 않다. 문학은 사람 사는 이야기다. 특히 동화는 소박한 이야기 속에서 독자들에게 감동을 주고 기쁨을 주는 문학이다. 감동은 결코 거창한 서사에만 들어있는 게 아니다. 아주 사소하고 섬세한 감정 속에서도 발견되는 기쁨인 것이다.

02

무식하게 용감하게 써라

처음 글쓰기에 도전하는 사람들에게 내가 제일 자주 하는 말이 있다.

"그냥 무식하게 써라."

"그냥 용감하게 써라."

"그냥 무식하게 용감하게 써라."

무식하면 오히려 용감해진다. 유식해질수록 망설인다. 뭘 잘 모르면 단순하게 행동한다. 이것저것 아는 게 많으면 머뭇거리고 용기를 못 낼 수도 있다.

글을 처음 쓸 때는 마구잡이로 시작하는 게 좋다. 일단은 써야 한다. 절대 부끄러워하지 말라. 처음부터 잘하는 사람은 몇 명 안된다. 누구나 초보 시절은 다 있다. 어떻게 성장하느냐가 중요한 것이다.

성장의 바탕에는 분명 '열정'이 한몫한다. 열정이 없는 사람은 무식함을 드러내지도, 용감함을 드러낼 줄도 모른다. 또한, 주변 사람의 눈치를 살필 필요도 없다. 내가 생각한 대로 무작정 써보는 거다. 그럴 때 발전이 있다.

무식하게 쓴 글은 다시 정리하고 조금씩 뜯어고쳐 나가면 되는 거다. 썼다 지웠다, 다시 고치고, 다시 뒤집고… 하다 보면 어느새 근사한 동화 한 편이 완성될 때가 있다. 그러나 아무것도 쓰지 못한 채 화면의 깜빡거리는 커서만 바라보고 있다면, 뜯어고치고 말고 할 것도 없지 않은가.

또 사람은 어떠한 순간에도 무의식이 작용한다. 무식하게 막무가내로 써 내려간 것이지만 자기 안에 오랫동안 품고 있던 것들이 그 순간 쏟아져 나온다. 토해낸 그것들 속에서 때론 알맹이를 건질 때도 많다. 그래서 나는 수강생들에게 뭐든 찾아내 막무가내로 써보라고 권한다. 그게 글을 잘 쓸 수 있는 지름길이다.

신인 때는 용감하게 글 잘 쓰던 사람들이 어느 정도 접어들면 글쓰기에 두려움을 느껴 진전이 안 되는 경우도 많은데, 지나치게 자기 검열에 빠져들기 때문이다. 자꾸 남을 의식하다 보면 소심해지고 글 한 줄 쓰는 것이 두려워질 수도 있다.

나는 용감하게, 그러나 즐겁게 써보라고 말해주고 싶다.

신인문학상 제도가 왜 있는지 생각해보라. 기성 작가는 글쓰기에 두려움을 느껴 자기 글을 검열하느라 점점 소심해진다. 익숙한 형식과 테두리를 벗어나지 못한다. 그런데 신인들은 겁이 없다. 무식하게? 용감하게? 과감하게? 쓰기 때문일 것이다. '참신한 도전성'이 있을 때 신선한 작품이 나온다. 신인문학상 제도가 있는 이유는 기성 작가에게서 보지 못한 새로운 글을 찾기 위함이다.

창작은 어느 정도의 고통이 수반된다. '창작의 고통'이라는 말이 괜히 생긴 건 아니다. 누구든 글을 쓰는 과정에서 이런 고통을 경험하게 된다. 하지만 쓰고 났을 때 굉장한 희열과 보람을 느끼게 된다. 글쓰기 과정 중에서 이런 희열의 경험이 있다면 그 사람은 지속해서 글을 쓸 가능성을 가진 사람이다. 하지만 희열 없이 고통만 느꼈다면 스트레스받지 말고 그만두기를 바란다.

> 사람은 어떠한 순간에도 무의식이 작용한다. 무식하게 막무가내로 써 내려간 것 같지만 자기 안에 오랫동안 품고 있던 것들이 그 순간 쏟아져 나온다.

'창작의 고통'이라는 말이 괜히 생긴 건 아니다. 누구든 글을 쓰는 과정에서 이런 고통을 경험하게 된다. 하지만 쓰고 났을 때 굉장한 희열과 보람을 느끼게 된다. 이런 희열의 경험이 있다면 그 사람은 지속해서 글을 쓸 가능성을 가진 사람이다.

03

본캐부캐 시대에 작가란!

책을 내는 일도 요즘은 많이 열려있다. 이전처럼 등단이라는 절차를 꼭 거쳐야 한다거나, 어떤 분야의 전문가만이 책을 내던 시대는 끝났다. 자신의 SNS에 꾸준히 한 가지 테마의 글을 올려 출판사로부터 책을 내자는 제의를 받는 경우도 허다하다.

요즘 나이 지긋한 할머니 크리에이터들이 자신이 살아온 삶을 책으로 내는 경우도 많다. 그들이 어떤 등단 절차를 거쳤거나 공모에서 상을 탄 적은 없다. 공부를 많이 하지도 못했다. 하지만 글쓰기를 좋아해 평소 시를 쓰고 수필을 쓰고 일기를 쓰다가 출판사와 잘 맞아떨어져 자신의 이름을 내걸고 책을 내기도 한다.

내가 글쓰기 수업에서 가르쳤던 분 중에서도 그런 분들이 있었다. 평소 글쓰기를 좋아하던 어르신인데 자신의 삶을 써낸 글들을 모아 책으로 냈다. 당당히 인세를 받고 책을 내어 작가가 된 것이다. 김명자 어르신의 『할머니 독립만세』라는 책이다.

김명자 어르신은 그 시절 대부분의 어르신이 그랬듯이, 어려운 가정 형편으로 공부를 맘껏 할 수 없었다. 과거 자신의 불행한 사춘기 시절과 결혼 후의 삶 그리고 뒤늦게 맞은 핑크빛 행복한 노년의 삶을 글로 솔직하게 써내던 분이었다. 어린 시절부터 갖고 있던 문학에 대한 갈증을 비로소 시니어 글쓰기 수업 시간에 풀어내더니 마침내 책을 펴내 당당히 작가가 된 것이다. 이 책은 우수 출판콘텐츠에 뽑히기도 해서 작가 지원금을 받기도 했다.

요즘 '본캐' '부캐'라는 말이 유행이다. 본캐는 본래 캐릭터, 부캐는 추가로 만든 캐릭터라는 뜻이다. 원래는 온라인 게임에서 생겨난 단어라고 한다.

'100세 시대'라는 요즘 하나의 캐릭터로만 살기에는 억울하다. 내 원래의 업과 또 하나의 업을 가진다면 인생은 더 풍요로워질 것이다.

작가라는 직업은 이런 본캐부캐 시대에 가장 잘 어울린다. 어떤 분야에 있든 본업을 유지하면서 더불어 겸직 가능한 작가의 길도 함께 가보라고 권하고 싶다.

문제는 글을 잘 쓰는 것일 텐데 그것이 쉽지 않을 것이다. 어쩌다가 작품 1편이 며칠 만에 잘 쓰였다고 해서 한 작품으로 작가가 될 수는 없다. 작가가 되기 위해서는 반드시 내공을 쌓는 시간이 필요하며 좀 천천히 긴 호흡이 필요하다. 또 꾸준히 했을 때만 결과가 나온다.

하지만 '나도 할 수 있다'라는 자신감을 가지고 '첫 도전'을 해보라는 것이다. 도전조차 해보지 않는다면 속에 감추어진 보석을 어떻게 알아차리겠는가.

요즘은 예전과 비교하면 글쓰기 환경이 훨씬 좋아졌다. 우리의 일상을 가만히 들여다보면 수시로 글을 쓰며 살고 있다. 각종 SNS의 밑바탕에는 글이 있다.

일본의 어느 작가는 자신이 원하는 작가로의 삶을 살기 위해 생존에 필요한 최소한의 농사일만을 하기로 했단다. 그는 여유롭게 자신이 쓰고 싶은 글을 쓰기 위해 과감히 농부라는 직업을 택했고 그것으로 최소한의 먹거리를 해결하면서 글쓰기에 매진하고 있다고 한다.

또 어떤 이는 끊임없는 독서로 자신도 저절로 글을 쓰게 되었고, 어느 순간 작가가 되어 책을 펴내게 되면서 인생이 완전히 달라졌다고 말한 이도 있었다.

사실 전업 작가로 일정 수입을 벌어들이기까지는 어느 정도 시간이 쌓여야 한다. 책도 여러 권 쌓여야 인세 수입이 이루어지고 생활이 된다. 그래서 나는 전업 작가가 되라는 말은 하지 않겠다. 대신 밥벌이 일을 꾸준히 하면서 자신이 쓰고 싶은 글을 쓰는 작가에 도전해보라고 권하고 싶다.

모든 글쓰기가 다 그렇겠지만 특히 동화는 현실의 고통을 잊게 해주는 치유의 문학이며, 내 고향으로 나를 찾아가게 만드는 귀소본능의 문학이다. 나와 공부를 한 많은 작가 지망생들이 공통으로 '동화를 쓸 때 참 행복하다.'라는 말을 많이 한다. '동화 쓰기'는 기쁨과 슬픔을 함께 나누는 작업이다.

요즘처럼 세상이 점점 악해지고 피폐해지는 때에는 동화를 쓰는 사람이 더 많이 생겨야 한다. 많은 사람이 밥 먹듯 동화를 읽고, 너도나도 동화를 쓴다면 우리 사는 세상은 얼마나 밝아지고 환해질까. 그런 날이 오면 좋겠다.

'100세 시대'라는 요즘, 하나의 캐릭터로만 살기에는 억울하다. 내 원래의 업과 또 하나의 업을 가진다면 인생은 더 풍요로워질 것이다. 작가라는 직업은 이런 본캐부캐 시대에 가장 잘 어울린다.

우리는 수시로 글을 쓰며 살고 있다. 각종 SNS의 밑바탕에는 글이 있다. 모든 글쓰기가 다 그렇겠지만 특히 동화는 현실의 고통을 잊게 해주는 치유의 문학이며, 내 고향으로 나를 찾아가게 만드는 귀소본능의 문학이다. 작가 지망생들이 공통으로 '동화를 쓸 때 참 행복하다.'라는 말을 많이 한다. 동화 쓰기는 기쁨과 슬픔을 함께 나누는 작업이다.

II

어떻게
작가가 되었나

01

동화작가가 되니 좋아요?

단도직입적으로 묻겠다!

"동화작가가 되니 좋아요?"

내 앞에 앉은 누군가가 나에게 이런 질문을 던진다면 나는 당연히

"네. 정말 좋습니다! 누군가에게 권하고 싶을 정도로요!"라고 대답할 것이다.

"뭐가 그렇게 좋아요?"라고 묻는다면,

"마음이 저절로 행복합니다. 동화를 쓴 뒤로 저는 다시 태어났습니다."라고 대답할 것이다.

"그런 추상적인 답변 말고 구체적인 대답을 해주세요. 뭐가 그렇게 좋은가요?"라고 묻는다면 잠시 생각에 잠길 것이다. 좋은 점이 너무 많아서.

우선 나는 타고난 기질적인 측면에서 작가, 그중에서도 동화작가와 잘 맞는다. 어린애 같은 천진함도 있지만 머릿속으로 상상하고 혼자 이야기 만들어내는 것을 어릴 때부터 좋아했기에 어른이 된 지금 이 일이 즐겁고 행복하다. 동화 속에서 맘껏 세상을 창조해 내는 것은 커다란 즐거움이다.

나는 상당히 논리적인 성격이라 따져 묻는 걸 좋아한다. 이런 사람은 '시'보

다는 논리적인 구조로 사건의 개연성과 설득력을 만들어내야 하는 서사 문학이 잘 어울린다. 어쨌든 나는 나의 기질과 잘 맞는 동화작가가 된 것이 좋다.

나는 여성으로 태어나 자연스럽게 엄마가 되었다. 여성, 그리고 엄마는 동화 쓰기에 가장 유리한 환경적 조건을 갖고 있기도 하다. 또 '아동문학'은 예술성과 교육성을 염두에 둔 문학이다. 나는 동화를 쓰면서 내 자녀들의 교육 문제도 같이 해결했다.

또 좋은 점을 들라면 동화를 쓰고부터 내 주변에 좋은 사람들이 함께 한다는 사실이다. 자신이 어떤 사람들과 함께하느냐는 참 중요하다. 언젠가 텔레비전 프로그램에서 탤런트 차인표 씨가 나와서 사회봉사에 관심을 가진 뒤부터 자연스럽게 좋은 일을 하는 사람들과 교류를 하게 되고, 자기 주변으로 좋은 사람들이 모이더라는 이야기를 했다.

유유상종이라는 말은 딱 맞다. 도둑질하는 사람은 사기를 치고 나쁜 짓 하는 사람이 꼬일 것이고, 사회에 선한 영향력을 미치는 사람은 어느새 그런 사람들과 교류할 것이다.

나는 동화를 쓴 뒤부터 좋은 동화작가들과 평생 함께할 수 있다는 사실이 참 감사하다. 나는 동화작가가 된 덕분에 그나마 덜 더럽혀지고 인품도 나아졌다. 한마디로 작가가 된 뒤로 나는 인간적인 성장을 할 수 있었다.

이 밖에도 시간을 자유롭게 쓸 수 있다는 점 등 좋은 점이 워낙 많아 일일이 열거할 수가 없다. 다음 질문으로 넘어가자.

"돈은 많이 버나요?"

이 질문에는 잠시 머뭇거려진다. '많이'라는 기준이 참으로 모호해서 정확한 답변을 하기는 힘들 것 같다. 동화작가 중에도 '억' 소리 나게 많이 버는 작가도 있지만, 돈을 아주 못 버는 작가도 있기 때문이다. 하지만 내 기준으로 대답한다면 이렇게 대답 할 것이다.

"나는 만족합니다. 평범한 직장인 정도는 되니까요. 세금도 내고 인간으로서 품위 유지는 충분히 하며 사니까요. 하지만 당신이 돈을 많이 버는 것에 최

31

우선의 가치를 두고 있다면 다른 곳에 가보는 게 좋겠습니다."

가끔 동화창작반 무료 공개 수업을 진행할 때면 작가의 수입에 대해 질문을 던지는 분도 있다. 아니 솔직히 대놓고 물어보지는 못한다. '작가'라고 하면 왠지 경제적으로 빈곤할 것 같은 느낌이 들어 조심스러운지, 아니면 수입에 관해 물으면 실례일 것 같아 그런지는 몰라도 에둘러 물어본다. 솔직히 이 질문은 초등학생들이 더 당당히 묻는다. 초등학교에 작가 초청을 받아 가게 되면 작가에게 질문하는 시간에 아이들은 손을 번쩍 들고 이렇게 묻는다.

"선생님, 돈 얼마 벌어요?"

초딩들은 참 거침이 없다. 그들의 발랄한 질문에 나는 작가의 '인세'라는 구조에 대해 간단히 설명해준 뒤 이렇게 대답한다.

"선생님은 돈 많이 벌어요. 여러분이 책 많이 읽어주면 작가님들은 돈을 더 많이 번답니다. 그러니 책 많이 많이 읽어주세용~."

돈은 참 좋은 것이다. 지혜의 경전 탈무드에도 '인간으로서 품위를 지키며 살기 위해서 돈은 꼭 필요한 것'이라고 가르치고 있다. 내가 열심히 쓴 책이 잘 팔려 인세가 많이 들어오면 뛸 듯이 기쁘다. 하지만 작품을 쓸 때 돈을 먼저 생각하고 작품을 쓴 적은 없다. 돈보다는 '어린이들이 읽을 좋은 작품을 써야지.'라는 생각으로 고민하며 글을 쓴다. 그러다 보면 독자의 마음을 사로잡아 저절로 돈이 따라올 때가 있다.

아이들은 호기심 가득한 눈으로 자신이 재미있게 읽은 책의 저자를 눈앞에서 만나고 있다. 그리고 '작가'라는 직업에 대해 처음으로 관심과 동경을 품은 아이들도 많다.

철학가이며 작가인 움베르토 에코는 인간으로 태어나 꼭 해야 하는 일은 '책을 쓰는 일'과 '자식을 낳는 일'이라고 했다. 이 두 가지는 인간이 죽음을 극복하는 방법이라는 것이다. 요즘은 자식을 낳는 일에 대해서는 선택 사항이 될 수 있다. 하지만 책을 쓰는 일은 예전보다 훨씬 환경이 좋아져 용이해졌다.

책에 대한 가치는 두말하면 잔소리다. '사람은 태어나 책을 만들고 책은 사람을 만든다.'라는 말처럼 한 인간의 성장을 돕는 책을 써내는 '작가'라는 직업은 참 멋진 일임이 틀림없다.

작가에 대해 한껏 호기심을 품은 아이들에게 나는 희망을 줘야 한다고 생각한다. 설령 돈을 못 버는 작가라고 할지라도 '작가들은 가난하다'라는 식의 대답으로 찬물을 끼얹어 그들의 마음을 어둡게 하고 싶지는 않다.

그리고 20여 년간 동화작가로 살아오면서 어떤 자리에서건 "저는 동화작가입니다."라는 말을 했을 때 나를 무시하는 사람을 본 적이 없다. 작가라는 말을 뱉는 순간 사람들은 최소한 나에게 더 예의를 갖추고 존중해 준다. 비록 물질이 세상을 지배하는 시대를 살고 있지만 그래도 아직은 정신적 가치를 소중히 여겨 예술가와 작가를 존중해 주고 사랑해 주는 성숙한 사람들이 많다는 증거일 것이다.

동화작가의 꿈을 품은 분들에게 말하고 싶다.

"동화작가가 되니 참 좋습니다. 꼭 되어보라고 말하고 싶군요!"

동화를 쓴 뒤부터 좋은 동화작가들과 평생 함께할 수 있다는 사실이 참 감사하다. 나는 동화작가가 된 덕분에 그나마 덜 더럽혀지고 인품도 나아졌다. 한마디로 작가가 된 뒤로 나는 인간적인 성장을 할 수 있었다.

움베르토 에코는 인간이 죽음을 극복하는 방법으로는 '책을 쓰는 일'과 '자식을 낳는 일'이라고 했다. 요즘은 자식을 낳는 일에 대해서는 선택 사항이 될 수 있다. 하지만 책을 쓰는 일은 예전보다 훨씬 환경이 좋아졌다. '사람은 태어나 책을 만들고 책은 사람을 만든다.'라는 말처럼 한 인간의 성장을 돕는 책을 써내는 '작가'라는 직업은 참 멋진 일임이 틀림없다.

02

오래된 일기장의 마지막 페이지

내게는 오래된 일기장이 있다. 그 일기장의 마지막 페이지에 휘갈겨 쓰듯 써버린 글 한 줄이 있다. 나는 그 마지막 페이지의 글 한 줄이 나를 작가로 이끌어 준 것으로 생각한다.

40여 년 전 초등학교 졸업식을 앞두고 삼촌으로부터 만년필과 일기장을 선물 받았다.

"이제 중학생이 되네. 이제 여기에 일기도 쓰고 공부도 더 열심히 해라."

삼촌이 건네준 일기장은 가죽 느낌의 겉표지에 '명상일기'라고 쓰인 당시로써는 꽤 고급스러운 노트였다. 명사의 좋은 글들이 페이지마다 아랫부분에 짤막하게 적혀있어 정말 명상하며 글을 쓰기 좋은 일기장이었다. 일기장의 철학적인 글들은 내 영혼의 좋은 양식이 되었고 그 글들을 읽고 또 읽어 외울 정도였다.

'나는 흔히 생각해본다. 만약 인생을 한 번 더 새롭게, 그뿐 아니라 미리 자각하고 시작한다면 – 이미 살아온 인생을 말하자면 초안이요 새로운 인생을 정서(淨書)라고 한다면 그때야말로 우리는 제각기 무엇보다도 먼저 자기 자신을 되풀이하지 않으려고 노력할 것이다.' (안톤 체호프)

'시간이 언제나 당신을 기다리고 있다고 생각하지 말라! 게을리 걸어도 결국 목적지에 도달할 날이 있을 것이라는 생각은 잘못이다. 하루하루 전력을 다하지 않고는 그날의 보람이 없을 것이며, 동시에 최후의 목표에 능히 도달하지 못할 것이다.' (괴테)

'처음에는 상대편이 어떤 사람인지도 모른다. 다 같이 인간으로 보인다. 그러나 정신을 차렸을 때는 이미 그의 병독이 완전히 자기 몸에 옮았을 경우가 흔히 있다. 벗을 선택하는 데는 퍽 근심을 해야 한다. 세상에는 전염병과도 같은 사람이 있는 법이다.' (고리끼)

그 일기장은 언젠가부터 내 마음을 글로 꼭 표현하고 싶은 날에만 펼치는 비밀의 방이었다. 그곳은 내 순진한 십 대를 거쳐, 스무 살 시절의 거친 낙서들로 채워지기 시작했다. 소녀 시절의 일기는 몇 장 안 되지만 그 시절의 나는 참 반듯하고 천진하다. 무언가 잘못을 하면 반드시 반성하고 가족을 사랑하고 친구 때문에 웃고 울었다.

그러나 아버지 사업이 어려워지고 게다가 원하는 대학에 떨어져 원치 않는 대학에 들어간 시점부터는 모든 것이 불평불만으로 가득 차 있었다. 마치 전두엽 성장이 덜 된 지금의 사춘기 아이들처럼 일기장의 내용도 거칠어졌다.

원하던 대학에 떨어져 며칠간 먹구름 같은 기분으로 지내던 어느 날의 일기에는 친구 이야기를 써놓았다. 나와 가장 친했던 중학교 단짝 친구는 원하는 대학에 합격했다. 그 친구는 키도 크고 얼굴도 아주 예쁜 데다 성격도 도도했다. 원하는 대학에 당당히 합격한 그 친구는 기분이 한껏 고조되어 이미 대학생이라도 된 것처럼 머리를 길게 늘어뜨리고 엄마의 트렌치코트에 스카프를 휘날리며 성숙한 모습으로 내 앞에 나타났다.

어른 흉내 내고 나온 친구 모습이 촌스러우면서도 당당한 모습이 어찌나 부럽고 얄밉던지. 나는 속으로 욕을 했다.

'흥! 자기가 벌써 대학생이라도 된 듯이.'

친구의 패션이 내 눈엔 촌스럽게 보였지만 워낙 미모가 뛰어난 친구라 엄마 코트를 입고 나왔어도 솔직히 예뻤다. 그날 친구가 DJ가 있는 음악다방에 가자고 했다. 나는 친구 앞에서 주눅 들기 싫어 속마음을 감춘 채 친구와 음악다방에 갔다.

그 친구는 팔랑팔랑 하늘을 날것처럼 명랑한 얼굴로 내 앞에서 조잘조잘 떠드는데 내 속이 아주 많이 뒤틀렸었다. 그날 일기장에는 그 친구에 대한 질투심과 나에 대한 실망감 그리고 자기 연민에 빠져 마구 휘갈겨 놓았다.

그곳에 쓰인 글들은 내 배설물이나 다름없었다. 가족과 친척, 친구, 이웃, 사회를 향한 솔직한 내 심정들이 토로 되어 있었다. 어떤 날은 읽은 책의 한 구절에 꽂혀 깊이 사색하며 쓴 글들도 있고, 또 어떤 날은 늘 우리 부모님의 도움을 바라는 일가친척들이 지긋지긋하고 미워서 그들을 저주하기도 했다. 그리고 그들을 냉정히 뿌리치지 못한 채 경제적 도움을 주느라 오히려 우리 네 남매에게 풍요로움을 주지 못하는 부모님이 답답하고 원망스러웠다.

그 일기장은 지금도 내 서재의 가장 은밀한 곳에 숨겨져 있고 내가 죽기 전에 반드시 태워버려야 할 물품 1호로 지정되어 있다. 지금 생각해도 지금껏 살아온 내 삶 중에 이십 대 시절이 제일 어둡고 칙칙하다.

그런데도 그 일기장이 소중한 것은 마지막 페이지에 '나는 소설을 쓸 것이다.'라고 휘갈겨 적어놓은 글 한 줄 때문이다. 물론 여기서 말하는 '소설을 쓸 것이다'라는 말은 '작가가 될 것이다.'의 다른 표현이었다. 지금 동화작가로 살고 있는 나는 일찌감치 미래를 예견한 것일까? 아니면 마법의 주문 같은 글 한 줄 덕에 내가 정말 작가가 되었나?

엄밀히 따지면 나는 초등학교 시절부터 작가를 꿈꾸었다. 책을 좋아했던 나는 모든 작가가 참 멋지고 위대해 보였다. 그래서 초등학교 5학년 때부터 '작가'라는 꿈을 마음에 품고 있었다. 부자를 동경하는 사람이 부자가 되지, 부자를 동경하지 않는 사람이 부자가 되는 경우는 드물 것이다. 교수를 동경하고 존경하는 사람이 교수가 되지, 교수를 깔보는 사람이 교수 되는 경우는 드물 것이다. 나 또한 이렇게 작가를 동경하고 존경했기에 작가가 되었다고 믿는다.

명상일기장의 의미 있는 마지막 페이지를 끝으로 이후 몇 년간 더는 시시한 비망록은 작성되지 않았다. 하지만 마지막 페이지에 써놓았던 글 한 줄은 어느 날 내 의식의 한 가운데로 튀어나와 나를 강력하게 밀고 나아가게 만들었다.

결국, 일기장 속의 그 다짐은 나를 칙칙했던 과거에서 밝은 동화의 세계로 이끌어 준 셈이다.

전 영국 총리인 마가렛 대처의 아버지가 딸에게 해줬다는 말이 생각난다.

'생각을 조심해라, 말이 된다. 말을 조심해라, 행동이 된다. 행동을 조심해라, 습관이 된다. 습관을 조심해라, 성격이 된다. 성격을 조심해라, 운명이 된다. 우리는 생각하는 대로 된다.'

'우리는 생각하는 대로 된다.' 얼마나 무서운 말인가. 아니 얼마나 희망 가득한 말인가. 혹시 지금 이 시각에 자신이 꿈꾸는 무언가가 있는가? 그렇다면 시시한 비망록에라도 의미심장한 글 한 줄을 적어놓기를 바란다. 그것이 이루어지든 안 이루어지든 동화의 마법 같은 힘은 반드시 존재하며, 그것은 내 삶에 아주 특별한 영향을 줄 것이라 믿는다.

'우리는 생각하는 대로 된다.' 얼마나 무서운 말인가. 아니 얼마나 희망 가득한 말인가. 혹시 지금 이 시각에 자신이 꿈꾸는 무언가가 있는가? 그렇다면 시시한 비망록에라도 의미심장한 글 한 줄을 적어놓기를 바란다.

03

어느 아기 엄마의 결심

무라카미 하루키는 7년간 재즈바를 운영하다가 작가가 되기로 결심하고 진짜 작가가 된다. 그는 어느 날 야구 경기 개막전을 보러 가 텅텅 빈 외야석에 앉아 혼자 맥주를 마시며 경기를 보았다. 그러다가 방망이가 공에 맞는 상쾌한 소리가 울려 퍼졌고 바로 그때! 아무런 맥락도 없이, 아니 아무런 근거도 없이 '그래. 나도 소설을 쓸 수 있을지 몰라.'라고 생각하며 작가가 되기로 결심했다고 한다. (무라카미 하루키 『직업으로서의 소설가』 현대문학)

그는 아직도 그날의 감각이 또렷하다고 말한다. 하늘에서 뭔가가 하늘하늘 천천히 내려오는 느낌을 받았고 그것을 두 손으로 멋지게 받아내는 기분이었다고 한다. 무라카미 하루키는 그날 야구 경기를 보고 나와 신주쿠의 어느 서점에 들어가 원고지와 만년필을 샀고 그때부터 소설을 써 1년 만에 작가가 되었다.

그는 작가가 되고 나서 '이렇게 쉬워도 되는 거야?'라고 물었다고 한다. 그리고 7년간 운영하던 재즈바를 과감히 정리하고 전업 작가가 된다. 이후 그는 또 한 번의 굳은 결심을 한다.

'나이 40이 되기 전에 지금이 아니면 절대 쓸 수 없는 글을 쓰자.'

그리고 그는 돌연 로마로 떠난다. 지금 쓰지 않으면 절대 쓸 수 없는 작품을 쓰기로 마음먹으면서! 그리고 그는 '상실의 시대'라는 작품을 세상에 내놓고 드디어 작가로서 명성을 얻게 된다.

나도 결혼을 하고 아이를 키우면서 문득 어릴 때 꿈이었던 작가를 떠올렸다.

어릴 때 나는 공부도 별로였고 별다른 재주도 없었다. 교실에서도 있는 듯 없는 듯 존재감 없는 아이였다. 그런 내가 유일하게 전교생이 보는 앞에서 내 존재를 드러내는 경우는 글짓기 대회에서 상을 받을 때였다. 중고등학교 시절에도 문예반에 들어가 내가 쓴 글이 학교 신문에 실리곤 했지만 이후 커갈수록 문학은 왠지 저 높은 곳에 매달아 놓고 바라보기만 해야 하는 것처럼 여겨졌다. 이후 평범한 직장 생활을 하다가 결혼을 했다.

그러다 임신을 하면서 다니던 직장을 그만두고 육아에 전념하게 되었다. '엄마'라는 이름은 그것만으로도 참 위대한 존재이며 내가 갖고 싶었던 이름이었다. 그런데 뭔지 모를 허허로움이 끊임없이 나를 괴롭혔다. 그저 가까이 있는 시댁이나 들랑거리면서 반찬이나 얻어오고, 집 장만을 위해 알뜰살뜰 돈이나 모으며 사는 인생이 한없이 하찮게 느껴졌다.

'나는 지금 뭐 하고 있는 거지? 나는 왜 이러고 있지?'

내 마음속에는 알 수 없는 불만이 계속 쌓여 갔고 무엇을 해도 도무지 만족이 되지 않았다.

'나는 어떻게 살아야 할까.'

그나마 내 아이들과 함께 시간을 보내는 일은 행복했다. 나는 좋은 엄마가 되기 위해 아이들에게 최선을 다했다. 아이들과 열심히 놀아주고 열심히 책을 읽어주었다.

그러던 어느 날, 무릎에 아이를 앉혀놓고 동화책을 읽어주다가 내 마음 깊숙이 감춰져 있던 소중한 꿈을 떠올리게 되었다.

'내 꿈이 작가였는데, 나는 왜 작가의 꿈을 버렸지?'

그 순간 후회가 몰려오면서 나 자신이 초라해 보였다. 나는 왜 일찌감치 작가의 길로 가지 않았는지? 왜 그 꿈을 미리 포기했는지?

그런 후회와 함께 그때 슬그머니 다시 내 안으로 꿈이 들어오면서 용기가 생겼다. 나는 아이들을 보면서 굳은 결심을 하게 되었다.

'그래. 나는 작가가 될 것이다! 나는 할 수 있어! 나는 작가가 되어 내 아이들에게 자랑스러운 엄마가 되고 싶어!'

그 다짐을 가슴에 안은 채 곧바로 실행해 옮겼다. 그때 우리 아들은 여덟 살, 우리 딸은 다섯 살이었다. 무작정 공부를 하기엔 여러 가지로 어려운 상황이었지만 결심이 선 뒤로 이것저것 주변을 살피지 않았다. 아이들은 아직 나를 절실히 필요로 하는 시기였고 아이를 맡길 곳조차 마땅하지 않았다.

하지만 나는 과감하게 앞으로 나아갔다. 동화 공부를 할 수 있다는 곳을 찾아가 공부를 하기 시작했다. 그때 내 가슴은 뜨거워졌고 미친 듯이 동화를 써 댔다. 그리고 일 년 만에 문예잡지를 통해 작가로 데뷔를 하였다. 그때 내 나이는 서른여섯이었다. 이른 나이도 아니지만, 결코 늦은 나이도 아니었다.

신기한 것은 동화를 쓰고부터 마음속에 있던 알 수 없는 불평과 분노들이 사그라지기 시작했다. 그전에는 모든 일에 불만이 많았고 남편마저 괜히 미웠다. 그런데 동화를 쓰고부터는 점점 마음이 너그러워지고 평온해졌다. 남편이 술을 먹고 늦게 들어와도 크게 개의치 않았다. 아니, 사실은 큰 관심이 없었다. 왜냐하면, 내 관심은 온통 동화에 쏠려 있었기 때문이다. 즐거운 나의 일이 있으니 그런 사소한 것들에 바락바락 성질을 부리며 신경 쓸 이유가 없었다.

그리고 나의 첫 당선작 '엘리베이터 안의 비밀'이 운 좋게도 곧바로 책으로 나오게 되었다. 첫 책을 내기 위한 방법은 뒤에서 다시 이야기 하겠다.

어쨌든 나는 열심히 글을 쓴 덕분에 바로 등단을 하게 되었고 또 곧바로 책도 낼 수 있었다. 작가로 데뷔하면서 글쓰기 강의도 여기저기서 들어오게 되어 백화점 문화센터와 학교 방과 후 등에서 독서 지도 및 글쓰기 강의를 시작해 작가로 자리를 잡기 전에 경제적 도움도 얻을 수 있었다.

나는 눈코 뜰 새 없이 바쁜 사람이 되어갔다. 그럴수록 자녀들과 함께 하는 시간은 줄어들 수밖에 없었다. 딸아이는 놀이방으로, 어린이집으로, 때로는 이웃 엄마에게 구걸하듯 맡길 때도 많았다. 또 이제 겨우 초등학생이 된 아들에게까지 동생을 돌보도록 부탁하기도 했다.

아이를 맡기는 상황에서도 상처를 많이 받았다. 평소에 내게 한없이 호의를 베풀어주던 이웃 엄마는 내가 아이 때문에 동동거릴 때면 손을 내밀어주기도 했다.

"자기야, 우리 집에 맡겨. 내가 봐줄게. 우리 애랑 같이 놀면 되니까."

그 말에 나는 구세주라도 만난 듯 덥석 아이를 맡기기도 했다. 하지만 그것도 몇 번뿐이지 결코 오래도록 부탁할 수는 없었다. 가장 가슴 아픈 것은 어린 우리 아들에게까지 동생을 맡기고 나갈 수밖에 없었던 때였다. 지금도 우리 아들이 썼던 글을 볼 때면 눈물이 고인다.

'오빠랍시고 이 어린애에게 동생을 맡기고 나갔으니…'

지금 생각하면 아이를 방임한 철없는 엄마였다. 그런데 그때는 아홉 살짜리 아들을 꽤나 큰 아이쯤으로 착각했던 것 같다.

이 글을 쓰는 지금도 아들이 일기 공책에 썼던 글이 떠 올라 눈시울이 뜨거워진다. 그날 우리 아들은 '동생이 절대 밖에 나가지 않게 해라. 동생하고 집에서만 놀아라.' 하는 엄마의 당부를 지키기 위해 밖에 나가려는 동생을 야단을 친 모양이다. 그러다 보니 둘이 토닥토닥 싸우게 되었고 여섯 살짜리 여동생은 삐져서 반항하듯 집을 나가버린 것이다.

'흥! 네까짓 게 가봐야 어딜 가겠냐.' 하며 내버려 뒀는데 동생이 진짜 사라진 것이다. 날은 어둑어둑 저물어 가고 아홉 살짜리 오빠는 여섯 살짜리 동생을 잃어버렸을까 봐 애를 태우며 이리저리 찾아다녔던 것이다. 아이는 그날의 애탔던 감정을 일기 공책에 고스란히 남겨놓았다.

어린애에게 무거운 책임을 안겼던 생각을 하면 가슴이 아프고 지금껏 미안하다. 그래도 다행인 것은 프리랜서라는 일의 특성상 중간중간 시간을 빼 유연하게 아이를 돌볼 수 있었다. 그랬기에 어린 아들에게 아이를 맡기고 나갈 수 있었던 것이리라.

동화가 늘 해피앤딩으로 끝나는 것처럼 이런 우여곡절 속에서도 다행히 우리 아이들은 건강하고 훌륭하게 잘 자라주었다.

그 무렵 동네 슈퍼 주인은 나를 볼 때면 이렇게 말하곤 했다.

"그 집 아이들은 다른 집 애들이랑 확실히 달라요. 예의도 바르고 참 똑똑하고 예쁩니다."

바쁘게 살아왔지만 우리 아이들은 오히려 의젓하고 책임감 강하며 따뜻한 마음을 가진 사람으로 바르게 자라주었다. 나는 그것이 동화책 덕분이라고 생각한다. 아이 곁에서 일일이 잘 챙겨주지는 못했지만 그래도 나는 어릴 때 아이에게 열심히 책을 읽어주었고, 항상 최선을 다하며 열심히 살아가는 모습을 보였다.

내 바람대로 아이들은 나를 멋진 엄마로 생각해준다. 동화작가인 엄마가 늘 자랑스럽다고 말한다. 이제는 아이들이 훌쩍 자라 내가 오히려 그들의 지성을 따라가지 못할 때도 있지만 아이들은 여전히 엄마를 존중해주고 엄마와 대화하기를 좋아한다. 어떤 일에서건 엄마와 의논하고 결코 엄마를 무시하지 않는다.

이십여 년 전 아이를 무릎에 앉혀놓고 아이에게 동화책을 읽어주다가 문득 '나는 왜 꿈을 놓아버렸을까.'를 자각하던 아기 엄마는 지금 어린이들을 위한 책을 쓰는 동화작가가 되어 신나게 동화를 쓰고 있다.

혹시 이 글을 읽는 독자 중에 무슨 이유인지는 모르겠으나 자꾸 화가 나고 불평불만이 생기는 분들이 있다면 자신의 내면을 가만히 들여다보길 바란다. 분명 '내가 꼭 하고 싶은 것'이 있을 터인데 그것의 정체를 아직 찾아내지 못한 것이다.

동화 쓰기 공개강좌에 찾아와 동화를 배워볼까? 말까? 많이 망설이며 고민하는 사람들에게 나는 이렇게 말한다.

'아무것도 하지 않으면 아무 일도 일어나지 않는다!'

사람은 자기 안에서 깊이 갈망하는 무언가를 어느 날 문득 찾아낼 때가 있다. 그것은 없던 것이 어느 날 갑자기 튀어나온 것이 아니라 자기가 스스로 숨겨놓은 것이다. 그러기에 자기 내면만큼은 그것을 알고 있고 어느 날 문득 발견할 뿐이다.

자신이 숨겨놓은 꿈을 찾아내고 용기 있게 도전해 보라고 말하고 싶다. 마음속에 간절한 '그것'은 어쩌면 내가 이 세상에 태어나 꼭 이루어야만 하는 '소명' 같은 것일 거다.

무엇인가 행하라
하찮은 것이라도 상관없다.
죽음이 찾아오기 전에 당신의 생명을
의미 있는 무언가로 만들어라.
당신은 쓸데없이 태어난 것이 아니다.
당신은 무엇을 위해 태어났는지 발견하라.
당신은 우연히 태어난 것이 아니다.

– 베르나르 베르베르 『개미』 중에서

무슨 이유인지는 모르겠으나 자꾸 화가 나고 불평불만이 생기는 분들이 있다면 자신의 내면을 가만히 들여다보길 바란다. 분명 '내가 꼭 하고 싶은 것'이 있을 터인데 그것의 정체를 아직 찾아내지 못한 것이다. 마음속에 간절한 '그것'은 어쩌면 내가 이 세상에 태어나 꼭 이루어야만 하는 '소명' 같은 것일 거다.

04

동화책, 모든 아이의 첫 책

동화 공부를 하러 온 수강생들에게 수업 첫 시간에 나는 다섯 가지 질문을 던진다. 그중 하나는,

'가장 기억에 남는 동화책과 최근에 읽은 동화책은 무엇인가요?'

그러면 대부분은 가장 기억에 남는 동화책으로 어릴 때 읽었던 동화책을 떠올린다. 최근에 읽은 동화책이 무엇인지 말해보라는 질문에는, '읽은 것이 없다.'며 부끄러워하는 분들도 있고 자녀와 함께 읽었던 그림책 몇 권을 이야기하는 분들도 있다.

그동안 동화책을 많이 읽었든 안 읽었든, 중요한 것은 누구나 어릴 때 읽었던 동화책 한 권이 그들의 마음속에 오래도록 간직되어 있다는 사실이다.

수십 년이 흘러도 그 동화에 대한 기억은 사라지지 않는다. 물론 세세한 내용은 기억나지 않지만 그 감동은 그대로 남아있다. 그리고 그 동화책은 그들이 지치고 힘들 때 잠시나마 동심으로 돌아가 행복하게 해준다. 어릴 때 읽었던 동화에 대한 아련한 추억을 안고 작가의 꿈에 도전하는 사람도 있다.

내가 자라던 시절에는 동화책이 그다지 흔하지 않았었다. 내 주변 작가 중에 시골에서 자란 분 중에는 동화책을 접하기 힘들었다는 분들도 있다. 나는 어릴 때 엄마가 할부로 구매하여 들여놓아 준 동화책들 덕분에 동화 속에서 행

복하게 자랄 수 있었다. 안데르센 동화집이나 세계명작 책들을 읽는 시간은 더없이 행복했던 기억이다. 방학 때는 문학책 속에 푹 빠져 지냈던 덕에 문학소녀로 자랄 수 있었다.

내가 오십이 넘은 나이임에도 아직 말랑말랑한 감성을 지니고 있고 아름답고 낭만적인 기질이 있는 것은 아마도 어릴 때 읽었던 동화책 덕분이 아닐까 싶다. 동화는 로만주의적 성격이 강한 문학 장르이기도 하다.

〈소공자〉, 〈소공녀〉, 〈알프스 소녀 하이디〉, 〈피노키오〉, 〈빨간 머리 앤〉, 〈톰 아저씨의 오두막〉, 〈엄마 찾아 삼만리〉, 〈집 없는 아이〉 등.

요즘 청소년들은 방학이면 선행학습을 위해 여기저기 학원에 다니느라 바쁘지만 나는 청소년기에 책과 음악 속에 푹 빠질 수 있어서 즐거웠다. 더운 여름날 무더위 속에서 읽던 펄벅의 〈대지〉도 오래 기억나고, 또 긴 겨울 방학 동안 따뜻한 아랫목에서 읽던 〈폭풍의 언덕〉, 〈데미안〉, 〈지킬박사와 하이드씨〉, 〈좁은 문〉, 〈몽테크리스토 백작〉, 〈아Q정전〉 헤르만 헤세의 〈수레바퀴 아래서〉, 괴테의 〈젊은 베르테르의 슬픔〉 등 수십 권의 명작 소설들은 감동과 재미가 뛰어나 그 여운이 아직도 또렷하다. 또 국내 작가들의 시집과 소설책도 나를 키워준 스승이었다. 또 우리 집에 굴러다니던 아주 오래된 책 '전설 따라 삼천리'라는 책도 나를 이야기꾼으로 만들어준 책인 것이 분명하다.

'전설 따라 삼천리'는 누런 종이에 한문이 섞여 세로체로 쓰인 책이었는데 각 고을의 설화와 민담이 수록된 책이었다. 슬프고 감동적인 이야기도 많았지만 매우 에로틱한 이야기도 많아 침을 꼴깍꼴깍 삼켜가며 시간 가는 줄 모르고 읽던 책 중의 하나였다.

내가 엄마가 되고 나서도 우리 아이들에게 처음으로 읽어준 책이 동화책이었다. 옛날 이야기책과 안데르센 동화, 또 외국의 유명 그림책들.

우리 딸은 기저귀를 차던 때부터도 바쁜 엄마와 유일하게 함께 시간을 보낼 방법이 동화책을 읽는 시간임을 영리하게 알아채고는 책을 무더기로 들고 와 내 앞에 떡하니 갖다 놓았다. 그리고는 궁둥이를 들이밀고 내 무릎에 앉아 책을 읽어달라고 했다. 그러면 나는 아무리 피곤해도 성의 있게 아이에게 책을 읽어주었다.

아이는 "또 또" 하며 끈질기게 책을 가져온다. 어떤 날은 너무 피곤하고 졸려서 읽다가 엉뚱한 잠꼬대를 한 적도 많다. 그러면 아이는 "그거 아니야." 하며 반짝거리는 새까만 눈으로 나를 쳐다본다. 제대로 읽으라는 것이다. 우리 아이들은 동화책으로 한글을 뗐다. 그림책에 쓰여 있는 문장을 한 자씩 떠듬떠듬 읽어가며 글을 뗐고 그러면서 동화책을 읽기 시작했다.

지금 생각하면 그 시간이 이루 말할 수 없이 소중한 시간이었다. 아이는 엄마의 무릎 학교에서 엄마의 호흡을 느끼며 엄마의 음성을 듣는다. 엄마는 등장 인물의 캐릭터에 따라 목소리를 조금씩 변조해가며 재미있게 책을 읽어준다. 어떤 아이가 이 시간이 행복하지 않을 수 있을까.

동화책은 아이들이 이 세상에 나와 처음으로 접하는 책이다. 아니, 이미 엄마 배 속에 있을 때부터 태교 동화책을 읽으며 자란다. 한 편의 감동적인 동화는 세상을 구원한다고 믿는다. 어릴 때 읽었던 감동적인 동화책 한 권은 어른이 되어서까지 두고두고 생각나면서 자신이 지칠 때마다 오아시스 같은 기억을 안겨준다.

그런 생각을 하다 보면 동화 한 편을 정말 허투루 쓸 수가 없다. 내가 쓴 책이 아이에게 어떤 영향을 미칠까 생각하면 책임이 더욱 무겁다. '문학이란 무엇인가'의 저자 장 폴 사르트르는 '내가 쓴 책을 이 세상의 모든 사람이 읽는다면 어떤 일이 일어날까를 생각하라'고 했다. 우리 동화 쓰는 사람들도 '내가 쓴 동화를 아이들이 읽는다면 어떤 일이 벌어질까?'를 한 번쯤은 생각해보면 좋을 것 같다.

내가 쓴 책 덕분에 어떤 아이는 책이 아주 좋아질 수 있다. 또 어떤 아이는 내가 쓴 책이 너무 재미없어 책이 싫어질 수도 있다. 그런 생각을 하면 정말 재미있게 감동적으로 잘 써야겠다는 생각이 든다. 1권을 재미있게 읽은 아이라면 100권, 1,000권의 책도 잘 읽을 수 있기 때문이다.

내가 쓴 책을 우연히 집어 든 아이가 책읽기는 재미없고 고통스러운 것으로 생각하여 평생 책을 안 보는 아이가 된다면 얼마나 씁쓸한 일인가. 책을 재미없게 쓴 책임이 뒤따를 것이다. 반대로 내가 쓴 책을 읽은 아이가 한 차원 더 높은 사람으로 성장했다면 얼마나 보람된 일인가.

내가 지금 쓰고 있는 책이, 어떤 아이에게는 그가 읽는 첫 책이 될지도 모른다는 생각으로 글을 쓴다. 책읽기의 지겨움을 안겨주는 게 아닌, 아이들을 위로해 주고 행복하게 해주는 동화를 쓴다면 작가로서도 행복할 것이다.

아이는 엄마의 무릎 학교에서 엄마의 호흡을 느끼며 엄마의 음성을 듣는다. 엄마는 등장인물의 캐릭터에 따라 목소리를 조금씩 변조해가며 재미있게 책을 읽어준다. 어떤 아이가 이 시간이 행복하지 않을 수 있을까.

동화책은 아이들이 이 세상에 나와 처음으로 접하는 책이다. 한 편의 감동적인 동화는 세상을 구원한다고 믿는다. 어릴 때 읽었던 감동적인 동화책 한 권은 어른이 되어서까지 두고두고 생각나면서 자신이 지칠 때마다 오아시스 같은 기억을 안겨준다. 그런 생각을 하다 보면 동화 한 편을 정말 허투루 쓸 수가 없다.

05

여러 개의 직업을 가져야 하는 시대

"선생님은 왜 작가가 되려고 했나요?"

"작가가 되려면 어떻게 해야 하나요?"

작가와의 만남 행사에 초청되어 어린이들을 만나게 되면 아이들이 여러 질문을 한다. 질문을 던져놓고 눈을 반짝이며 내 대답을 기다리는 아이들에게 나는 곧잘 이런 대답을 했었다.

"누구든지 자신이 하고 싶은 일을 마음에 품고 십 년 이상 열심히 노력하다 보면 누구나 꿈을 이룰 수 있고 그 분야의 최고 전문가가 될 수 있어요."

그 말은 즉 '십 년 이상 한 우물을 파세요.'라는 말과 비슷하다. 평생 한 분야의 일을 묵묵히 해온 사람을 보면 실로 존경스럽다. 그리고 이런 사람은 성공할 가능성이 확실히 크다.

그러나 요즘은 이런 말도 해주기 어려울 것만 같다. 지금의 15세 청소년들이 어른이 되는 시대에는 평생 5개의 직업과 17개의 직장을 전전해야 한다는 기사를 본 적이 있다. 로봇과 인공지능 때문에 일자리 시장이 무섭게 변하고 있다는 것이다. 그런 현상들은 이미 우리 주변에서 일어나고 있다. 17개의 직장까지는 아니어도 이제는 최소 서너 개 이상의 직장을 전전해야만 하는 경우를 흔하게 본다.

솔직히 이런저런 신경 안 쓰고 묵묵히 한 우물만 팔 수 있다면 얼마나 좋을까. 요즘은 한 우물만 파고 싶어도 그럴 수 없는 세상이기에 안타깝다. 한 우물을 파든, 한 우물을 파지 못하든 그것이 좋다 나쁘다를 가리자는 것은 아니다.

미래에는 하나의 직업에서 쌓은 역량을 13개의 직업에서 적용하는 이른바 '직업군의 시대'가 열릴 거라고 한다. 예를 들면 '작가' 직업을 가진 사람은 소통이나, 가르치는 기술, 창의성 등의 역량을 갖추고 있으므로 그런 능력을 발휘할 수 있는 유사한 직업을 함께 가질 수 있다는 것이다.

이런 직업군의 시대에 여기저기 감초처럼 낄 수 있는 직업이 바로 '작가'임을 말하고 싶다. 조금 구분을 짓자면 '저술가'라는 말이 어울릴 것이다. '작가'와 '저술가'를 약간 구분 지어보면, 자신만의 문학 세계를 창작하는 작가가 있고, 창작자는 아니지만 다양한 분야에서 자신의 경험과 노하우를 책으로 써내는 저술가 개념을 가져볼 수도 있을 것이다.

작가와 저술가는 어떤 일을 하든 간에 병행하기에 가장 좋은 직업이다. 환자를 진료하는 의사도 자신의 전문분야에 관해 책을 써낼 수도 있고, 창작도 할 수 있다. 의사지만 동화작가도 될 수 있고 시인도 될 수 있으며 여행 작가도 될 수 있다. 물론 글쓰기를 좋아해야만 하고 치열하게 써야 작가가 될 수 있지만 말이다.

요즘 아이들을 만나면 나는 이렇게 말한다.

"여러분은 꿈이 너무 많죠? 원래 10대 때는 꿈 많은 시기라고 해요. 여러분은 꿈이 많아야 해요. 부모님이 정해준 꿈이 내 꿈인 양 착각하면 안 돼요. 여러분이 진짜 하고 싶은 것, 마음속에 간직된 꿈을 찾아야 해요. 여러분들은 꿈이 날마다 바뀌어도 돼요. 더구나 미래에는 여러 가지 일을 해야만 한다고 하잖아요. 이건 좀 피곤할 수도 있지만, 어쩌면 아주 즐거울 수도 있어요. 요즘 100세 인생이라는데 꿈이 많은 여러분은 하고 싶은 것들을 맘껏 해볼 수 있는 세상에 살고 있으니 얼마나 좋아요."

그렇다. 내 속에서 진정으로 원하는 것을 찾아야 한다. 내가 잘하는 일도 있지만 내가 좋아하는 일도 있다. 두 개를 병행할 수도 있고, 본업 외에 취미로 다른 일을 가져도 된다. 그러다 보면 그것은 내가 꼭 해야만 하는 '소명'과도 연결된다.

글쓰기는 내 정신적 산물로써 매우 의미 있는 작업이다. 사실 인간은 누구나 자신을 표현하고픈 예술 욕구가 있다. 글이나 그림, 춤, 음악 등 모든 예술은 이런 '자기표현 욕구'의 하나이다. 요즘 SNS를 통해 자신을 마음껏 드러내는 세상이 되었다. 블로그에 글을 써서 올리고, 유튜브에 노래를 직접 불러올리고, 댄스하는 장면을 올리고, 요리하는 것을 올린다. 컴퓨터와 인터넷의 발달로 이제 누구나 자연스럽게 자신을 표현할 수 있는 세상이 되었다.

요즘은 먹는 것에 지나치게 관심이 많다. 텔레비전뿐만 아니라 유튜브 등에서도 먹방이 대세다. 그래서인지 많은 사람이 퇴직 후 식당 창업을 많이 한다. 물론 퇴직 후 생계를 꾸릴만한 마땅한 일을 찾는 과정에서 비교적 쉽게 시작할 수 있는 일이 식당 창업이다 보니, 식당 창업자는 꾸준히 늘고 있다. 게다가 요즘은 밥보다 디저트를 더 좋아하는 시대라 그런지 밥집 외에도 아이스크림, 빵집 등 여러 먹거리 장사가 골목마다 촘촘하다.

그런데 이런 먹는장사 말고, 왜 작가 창업은 안 하는지 모르겠다. 물질로 육체를 채우는 일은 이만하면 됐다. 이제는 물질에서 정신으로 옮겨가 영혼을 살찌우는 창업자들이 많이 생기길 바란다.

요즘은 글쓰기로 자신을 증명하는 시대이다. 나를 브랜드로 만들고 특화해 증명해야 하는 시대에 글쓰기만큼 좋은 것은 없다. 특히 동화 쓰기는 상상력 가득한 창의적인 작업이다. 상상력뿐만 아니라 탄탄한 서사를 만들려면 논리적이어야 하며 캐릭터 창조도 중요하다. 동화 한 편은 여러 콘텐츠를 재생산해 낼 수 있는 최고의 아이템이니 나를 증명하기에 이보다 더 좋은 것은 없다. 많은 사람이 동화작가로 창업하거나, 꼭 작가가 아니어도 좋으니 동화 쓰기를 권해 본다.

자신이 꿈꾸는 한 가지 일에 몰입하는 인간이 있습니다.
1년 2년 10년 묵묵히 그는 자신이 좋아하는 일을 합니다.
힘들고 고통스러워도 그는 그 길을 걷습니다.
이런 인간의 내면에는 자신이 믿고 사랑한 선한 에너지들이 쌓이기
마련이고 어느 순간 이 에너지들은 주인의 운명에 영향을 미치게
됩니다.
에너지들은 사람들 속에 주인의 이름을 활화산처럼 빛내기도 하고
고통에 빠진 주인을 구해낼 수도 있습니다.
에너지가 이 단계에 이를 때 그는 신과의 조우가 가능해집니다.

— 곽재구의 『길귀신의 노래』 중에서

요즘은 글쓰기로 자신을 증명하는 시대이다. 나를 브랜드로 만들고
특화해 증명해야 하는 시대에 글쓰기만큼 좋은 것은 없다. 특히 동화
쓰기는 상상력 가득한 창의적인 작업이다. 동화 한 편은 여러 콘텐츠를
재생산해낼 수 있는 최고의 아이템이니 나를 증명하기에 이보다 더 좋
은 것은 없다.

동화작가의
일상을 엿보다

01

동화 쓰는 아줌마의 하루

나는 작가가 되고부터 제일 중요하게 여기는 것이 아침 시간이다. 아침을 어영부영 보내면 그날 하루는 소득 없이 어영부영 끝나버린다.

아침 시간은 길다 하면 길고, 짧다 하면 짧다. 아침을 부지런히 알차게 보내면 오전 네 시간이 무척 길고 웬만한 일은 마무리 지을 수 있다.

우리는 보통 '아침형 인간'과 '저녁형 인간'으로 구분 짓는다. 나는 예전에 내가 '저녁형 인간'이라고 생각했었다. 아침엔 항상 기운이 없고 저녁이나 되어야 기운이 생기곤 했다. 그런데 작가가 되어 부지런히 살아야 하다 보니 자연스럽게 아침형 인간이 되었다. 아침은 어쩐지 맑고 차분하고 상쾌하기 때문에 정신적인 일을 하기에 더없이 좋다.

아침형 인간이 되고부터 나는 아침부터 힘 빼는 일은 절대 안 한다. 체력이 그다지 강하지 못한 나는 글 쓰는 일을 하기 위해 아침 시간엔 청소나 빨래, 운동 등은 절대 하지 않는다.

그럼 하루를 어떻게 시작할까.

나는 아침에 일어나 주부로서, 혹은 엄마로서 해야 할 최소한의 일만 우선한다. 그 일은 식구들이 밥을 먹고 나갈 수 있도록 아침 식사 준비를 해주는 정도이다. 반찬은 시간이 있을 때 만들어 냉장고에 넣어두고 국이나 찌개 정도를 미리 전날 밤 끓여놓는다. 그러면 식구들은 아침에 알아서 밥을 챙겨 먹고 나간다.

물론 자녀들이 어렸을 때는 일일이 내 손으로 챙겨줘야만 하는 일이 너무 많았다. 집안일은 늘 산더미 같았고, 아이 숙제며 학교생활에 대해서도 늘 신경을 써야만 했다. 몸이 열 개라도 모자라는 것 같았다. 그럴 때도 작가로서의 활동을 위해 나는 아침부터 절대 집안일로 힘을 빼지 않으려고 노력했다. 집을 깨끗이 치워야 마음이 안정되고 글도 잘 써진다는 분들도 있다. 책상도 깔끔히 정리되어야 하고 서랍까지 정리해야 글이 잘 써진다는 사람도 있다. 하지만 청소는 밤에 해두면 된다. 글쓰기 전에 꼭 청소해야 마음이 잡힌다고 말하는 분들도 있긴 하지만, 내 경우엔 그건 글 쓰는 게 꾀가 나서 마음속으로 핑계를 대는 거로 생각한다. 쓸데없는 결벽증을 고집할 필요가 없다.

나도 정신 사납게 어질러진 것들 정도는 대충 치운다. 설거지도 후딱 해치운다. 하지만 무거운 청소기를 꺼내 요란스러운 소리를 내면서 온 집안을 구석구석 훑고 돌아다닌다거나 그것도 모자라 씩씩하게 대걸레질을 하고, 온 집안을 손걸레로 깔끔하게 닦아대는 일은 절대 하지 않는다.

집안일은 원래 해도 해도 끝이 없는 마술 세상이다. 청소하고 나면 또 빨래 돌려야 한다. 빨래 돌리고 나면 또 빨래 널어야 한다. 빨래를 널려면 또 빨래를 걷어서 차곡차곡 개야 한다. 빨래 개고 나면 각각 제 위치에 잘 갖다 놔야 한다. 그리고 나면 택배가 딩동 도착한다. 택배를 뜯다 보면, 그날 처리해야 할 일들이 떠올라, 우체국도 가야 하고, 전화도 해야 하고, 인터넷뱅킹 일 처리도 해야 한다.

일 처리 겨우 끝내고 나면 갑자기 화장실에 가게 된다. 볼일 보면서 무아지경 속에 잠깐 시선을 두다 보면 더러운 욕조며 변기가 눈에 들어온다.

'아, 저걸 치워 말아.'

잠깐 고민하다가 괜한 결벽증과 쓸데없는 완벽주의가 발동해 또 고무장갑을 끼고 수세미를 들게 만든다. 화장실을 더럽게 쓴 나 이외에 모든 식구는 그 순간 악의 존재가 되고, 나는 욕을 해가면서 팔 아프도록 화장실 구석구석을 문지른다.

욕실 청소가 다 끝났는가 하면, 쓰레기가 꽉 찼다. 쓰레기봉투에 꽁꽁 담아 또 내다 버려야 한다. 진짜 집안일은 꼬리에 꼬리를 물고 이어진다.

그러다 보면 점심때가 지나 배도 고파온다. 밥 먹고 나면 식곤증도 몰려오고… 그제서야 글 쓰려고 앉으면 에너지가 영 올라오질 않는다. 게다가 아이들은 벌써 집으로 들어오며 "엄마"를 부른다.

그래서 나는 아침엔 온전히 글쓰기에 집중할 수 있도록 생활 패턴을 바꾼 지 오래되었다. 책상에 널려있는 것들을 간단히 정리하고 차 한잔을 들고 앉으면 내 일이 시작된다.

어떤 날은 참을 수 없을 만큼 집 안이 어지럽혀져 있어 할 수 없이 청소기를 들고 공격적으로 청소부터 하는 날도 있기는 하다. 그런데 그런 날은 결국 원고를 쓰지 못한다. 아침부터 매우 힘을 빼놓았기 때문에 체력이 감당을 못하기도 하지만, 몸을 움직이고 나면 마음이 어수선하게 붕 떠서 결국 글쓰기에 집중이 되지 않는다.

그런 날은 그동안 못했던 집안일을 마저 하거나, 아니면 도서관에 자료를 수집하러 간다. 혹은 쇼핑을 하거나, 영화를 보거나, 빈둥빈둥 음악을 듣거나 종일 독서를 한다.

내게 아침 시간은 매우 소중하다. 특히 잠을 잘 자고 일어난 날의 아침은 더욱 그러하다. 그런 날은 에너지와 집중력이 충만하게 솟아있다. 나는 전날의 수면 상태에 따라 작업 능력에 상당한 차이가 난다. 원래 예민하여 깊은 잠을 잘 못 자는 편이라 충분히 잔 날은 '무조건 무조건이다!' 고급진 두뇌가 장착됐는데 당연히 글을 써야지 엉뚱한 곳에 힘을 쓸 이유가 없다. 새로운 에너지가 충전된 날은 몰입도가 높아져 놀라울 정도의 작업 속도를 보인다.

가끔 후배들이 내게 묻는다.

"언니는 언제 그렇게 글을 써요? 집안일 하랴, 애들 돌보랴, 정말 글 쓰려고 하면 시간도 없고 힘들던데….."

맞다. 자녀들이 어린 경우에는 특히 해야 할 일이 많다. 그래서 오전 시간이 더 특별할 수밖에 없다. 내 에너지를 선택적으로 사용해야 할 때 어느 곳을 우선으로 할 것인가. 여기서 자신이 무엇에 중점을 두고 사느냐가 나온다. 아이들이 어릴 때는 자녀 양육과 일의 균형을 적절히 맞추는 게 필요하다. 아이들이 중학생 정도가 되면 훨씬 자유롭다. 시간상으로 내 일에 몰두할 수 있는 환경이 늘어난다.

"나는 절대 아침부터 집안일로 힘 안 빼!"

"그럼 집안일은 언제 해요?"

"집안일은 글 다 쓴 다음부터 해. 운동도 글 다 쓰고 나서 저녁이나 밤에 주로 하지."

그만큼 나는 내 하루의 우선순위를 글쓰기에 두며 산다. 그렇게 살아왔기에 지금껏 많은 책을 낼 수 있었다. 그러다 보니 외출할 일이 생기면 대부분 어느 하루를 정해서 몰아서 해버린다. 오전에 나갔다 오면 에너지도 빠져버리고 마음도 들떠서 오후 작업에 몰두하기가 힘들다. 왜냐하면, 글쓰기 작업은 수행과 비슷해서 가만히 마음을 가라앉히고 집중을 해야만 한다.

시를 쓰는 시인들의 경우는 영감이 떠오르면 순간순간 메모해 두었다가 시로 완성해 낸다. 하지만 긴 시간 동안 서사를 이끌어 가야 하는 산문 작업의 경우에는 엉덩이를 굳건하게 붙이고 앉아 글을 써야 한다. 작품 속으로 깊이 '몰입' 하는 것이 상당히 중요하다. 그러니 엉덩이가 가벼워 촐싹대면 절대 글을 쓰기 어렵다.

'몰입'은 배우가 무대에서 자기가 맡은 역할에 온전히 빠져드는 것과 같다. 배우들은 자기가 맡은 역에 따라 울고 웃으며 감정을 완전히 표현하지 않는가. 작가의 글쓰기도 마찬가지다. 작품에 몰입해야만 주인공들의 감정과 사건에 집중하게 되고 좋은 작품으로 완성할 수 있다. 한 문장 한 문장 써 내려가는 것도 몰입하여 써내야만 좋은 문장이 된다. 이런 창작 과정 속의 '몰입'의 경험은 창작자에게 '희열'을 안겨준다.

나는 보통 새벽에 깨지만 얼마간 누운 채로 부스러기 잠을 자야만 한다. 그러다 보면 어느 순간 잠이 깬다. 그리고 나면 거실로 나와 잠깐 아침 독서를 한 뒤 상쾌하게 세수를 한다.

세수하고 아침밥을 꼭 먹는다. 탄수화물은 내 두뇌를 움직이는 매우 중요한 에너지원이므로 아침밥을 안 먹으면 힘이 없어서 글을 못 쓴다.

작가는 밥심으로 글을 쓴다. 그래서 아침밥 잘 먹는 것은 매우 중요하다. 그리고 여덟 시, 늦어도 아홉 시쯤이면 커피 한 잔을 들고 책상으로 향한다.

작가가 되고 15년 정도는 집에서 작업했다. 하지만 몇 년 전부터는 카페에 가서 작업하는 날이 많다. 아침을 먹고 바로 카페로 출근한다. 창가 쪽 1인용 자리에 앉아 적당한 백색소음과 함께 작업을 시작한다.

우선은 컴퓨터를 켜고 이메일을 확인한다. 그리고 글을 쓰려면 잠깐의 예열 시간이 필요하므로 인터넷에서 뉴스를 검색하기도 하고, 이것저것 세상 돌아가는 일들을 살핀다. 하지만 절제가 필요하므로 30분 이내로 끝낸다. 마냥 하다 보면 아까운 시간이 후딱 지나기 때문이다.

나는 내 블로그를 2005년부터 20년 가까이 운영 해오고 있다. 블로그는 나를 홍보하는 공간이다. 내 책을 소개하고 동화작가로서 나를 알리는 대표 공간이다. 그리고 여러 자료를 수집해 놓는 창고 역할을 하는 곳이기도 하다. 책상에 앉아 예열하는 동안 글쓰기의 중요한 자료가 된다고 여겨지는 기사들은 블로그에 비공개로 수집해 놓는다.

나는 페이스북을 하지 않는다. 6개월간 해본 결과 불필요한 낭비의 시간이 많고 잡념이 많아져 글쓰기에 방해가 된다고 느꼈다. 그래서 나는 내 공식 채널로 딱 블로그만 운영하고 있다.

이렇게 10분~20분 예열이 끝나고 나면 쓰고 있는 원고를 열어 다시 읽어 본다. 앞에 써놓은 원고량이 많은 상태라면 다시 이야기를 이어가기 위해 앞에 적어도 몇 챕터 정도를 다시 읽어 내려가며 몰입의 시간을 갖는다.

그리고 되든 안 되든 글을 써나간다. 물론 맘에 안 든다. 그래도 일단 이어서 써나가는 '시작'이 필요하다. 시작해야만 썼다 지웠다 반복하더라도 글쓰기가 진행되기 때문이다.

다행히 작업이 잘 되면 시간 가는 줄 모르고 글을 써댄다. 어느새 몇 시간이 흐르고 배가 살짝 고파온다. 그러면 가볍게 점심을 먹는다. 달달한 빵조각이 생각나면 집 앞 빵집으로 가 간식을 사 온다. 카페에서 작업하게 된 이후부터는 커피와 빵으로 점심을 때우기도 한다.

그렇게 집중하며 글을 쓰다가 시계를 보면 오후 네다섯 시쯤 되어 있다. 때로는 어느새 창문 밖으로 어스름 저녁이 되기도 한다. 그때쯤 되면 허리도 아프고 어깨도 결리면서 '그만하라'는 신호를 보내오기도 한다.

그러면 과감하게 컴퓨터를 끈다. 이후는 집안일과 운동을 하는 시간이다. 머리를 많이 쓰는 사람은 몸을 움직여 노동하는 것이 좋다. 음과 양의 조화라고나 할까. 청소기도 돌리고 저녁거리도 만들면서 몸을 움직인다. 한 자세로 굳어 있던 몸을 활발히 움직여줄 수 있는 육체노동이 달갑기만 하다. 이 정도의 육체노동은 글을 쓰는 정신노동에 비하면 아무것도 아니라는 생각에 머리도 풀어줄 겸 집안일을 한다. 게다가 오늘은 뿌듯하게 글도 잘 써지지 않았던가. "룰루랄라~" 콧노래가 나오면서 집안일이 즐겁다.

저녁 식사 준비가 대충 끝났으면 식구들 오기 전에, 혹은 식구들이 저녁을 먹고 난 다음 나는 혼자 공원에 산책하러 나간다. 내가 제일 좋아하는 시간이다. 천천히 호숫가를 거닐면서 머리를 충분히 쉬어주기도 하고, 때론 잘 안 풀린 작품의 한 곳에 집중하기도 한다. 걷다 보면 문득문득 좋은 아이디어가 떠오른다. 하지만 대부분 나는 이 시간에 릴랙스하게 걷는다. 또 그 시간에 내 감성을 돋우는 여러 재미있는 상상 속에 빠져있다.

그리고 밤이 되면 서재에서 작가들이 보내 준 책을 숙제하듯 부지런히 읽는다. 작가들이 보내 준 책 중에는 내 독서 욕구를 일깨우는 책도 있지만 사실 전혀 흥미로울 것이 없는 책도 많다. 이런 경우 인간관계로 인해 숙제처럼 읽어야만 하는 책도 있다. 가급적 억지로 책을 읽는 시간은 최소한으로 줄이고, 내가 꼭 읽고 싶어 쌓아뒀던 책들을 꺼내 맛나게 읽는다.

어떤 날은 늦도록 블루투스로 음악을 틀어놓고 음미하며 듣는다. 음악에 빠져있다 보면 새벽 두 시를 훌쩍 넘기기도 한다.

서재에 들어와 있는 이상 오롯이 나만을 위한 세상이다. 내가 서재에 들어와 있으면 가족들도 전혀 방해하지 않는다. 우리 가족은 평일에는 다들 각자의 생활에 주력하고 그 생활을 존중해준다. 그 대신 주말은 철저하게 가족 중심이다. 가족들과 맛있게 밥 먹고, 극장에도 가고, 술도 마시면서 이야기꽃을 피운다. 이런 생활 패턴은 중년 이후에 얻게 된 소중한 삶의 패턴이다.

작품 속으로 깊이 '몰입' 하는 것이 상당히 중요하다. '몰입'은 배우가 무대에서 자기가 맡은 역할에 온전히 빠져드는 것과 같다. 작가의 글쓰기도 마찬가지다. 작품에 몰입해야만 주인공들의 감정과 사건에 집중하게 되고 좋은 작품으로 완성할 수 있다. 한 문장 한 문장 써 내려가는 것도 몰입하여 써내야만 좋은 문장이 된다. 이런 창작 과정 속의 '몰입'의 경험은 창작자에게 '희열'을 안겨준다.

02

24시간이 모자라

'앉으나 서나 당신 생각, 앉으나 서나 당신 생각~!'

이런 가사로 시작되는 오래된 트로트 노래가 있다. 얼마나 사랑하면 앉으나 서나, 그 사람 생각뿐일까.

요즘 젊은 층에서 인기 있는 '선미'라는 가수가 부르는 노래 중에는 '24시간이 모자라'라는 노래가 있다. 이 노래도 이젠 흘러간 가요가 됐는지도 모르겠다.

'24시간이 모자라.
너와 함께 있으면
너와 눈을 맞추면
24시간이 모자라~.'

이렇게 시작되는 가사를 보면 사랑에 빠진 연인들은 오로지 상대가 세상 전부라 여겨 상대에게 집착하고 몰입한다.

가끔 길거리에서 사람들 시선을 의식하지 않은 채 거리낌 없이 애정표현을 하는 청춘 남녀들을 보게 된다. 그들은 사람들이 보든 말든 노골적으로 사랑을 표현한다. 벌건 대낮에 사람들이 많이 지나다니는 대로에서 서슴없이 끌어안고 입을 맞추는 등 거침없는 행동을 한다. 그럴 때는 지나가는 사람들이 더 민망할 때가 있다. 하지만 그들을 이해하면 그러려니 하게 된다.

실제 사랑에 빠진 연인들은 오로지 상대만이 보이고 다른 사람은 전혀 눈에 보이지 않는 법이다. 마치 달리는 말이 한눈을 못 팔고 앞만 보고 달리도록 양쪽 시야를 가려 좁혀 놓는 것처럼 '나만 봐!'가 되는 것이다. 이런 것을 이해하고 나면 민망한 애정표현에도 '사랑의 콩깍지'로 그들을 이해하게 된다.

그런데 이런 사랑의 콩깍지는 연인에게만 해당하는 것이 아니다. '동화'에도 적용이 된다.

'앉으나 서나 동화 생각'
'너를 생각하면 24시간이 모자라.'
'내 안에 너 있다.'

나도 그랬다. 처음 동화를 쓰던 신인 시절에 자다가 몇 번씩 일어나 메모를 하곤 했다. 자려고 누웠어도 자는 게 아니었다. 내 머리는 불 켜진 야간 공장처럼 쉼 없이 작동을 하고 있었다. 잠자려고 누워 있다 보면 이상하게 몰입이 잘되어 막혔던 부분도 떠오르고 아이디어가 샘솟는 경우가 많았다.

언뜻 잠이 깨버린 새벽녘 비몽사몽 상태에서 내 정신은 또 글쓰기를 하곤 했다. 육체는 자고 있지만 내 정신은 오히려 예리해져 작품 속 치명적인 오류가 그 시간에 번뜩 떠오르기도 하고 꽉 막혔던 부분이 신내림이라도 받은 듯 영감이 솟아나 이야기를 만들어낸다. 그러니 24시간이 모자란다고 외칠 수밖에!

그 이후로 지금까지도 나는 여전히 동화를 사랑한다. 이런 동화 사랑은 나뿐만이 아니다. 대부분 열심히 쓰고 책도 많이 내는 작가들 마음 한가운데는 늘 '동화'라는 지독한 애인을 두고 있다. 여기 사랑에 푹 빠진 A 씨의 이야기를 들어보자.

A 씨는 애인(동화)과 사랑에 빠진 지 꽤 오래되었다. 신기한 것은 이렇게 오랜 세월이 지났는데도 전혀 싫증이 나지 않는다는 사실이다. 이제껏 다른 대상과 몇 번의 만남을 가졌던 적도 있다. 그런데 그 대상들은 하나같이 싫증이 났다. 몇 번 마주하다가 집어치우곤 했다. 이유 없이 짜증이 나기도 했다. 진정으로 사랑할 대상이 없으니 항상 마음이 허허로웠다. 하지만 이번만큼은 다르다.

'나는 그(동화)를 진정으로 사랑하는 게 틀림없어.'

조금도 의심의 여지가 없다. 무엇을 하든 간에 마음 한쪽에서는 그(동화)를 떠올린다. 조금이라도 시간이 나면 그(동화)를 위한 시간을 보내려 안달을 한다. 며칠 동안 그(동화)를 영접하지 못하면 마음이 불안하고 뭔가 해야 할 일(동화창작)을 안 한 것만 같다. 이쯤 되면 병이라고 해도 괜찮다. 좋은 병이니까.

또 여러 일상 속에서도 마음이 뿌듯하고 헛헛하지 않은 것은 그 중심에 멋진 애인(동화)을 뒀다는 자부심 때문이다. 설령 입은 옷이 낡고 허름해도, 또 사는 집이 작고 초라해도 그 중심에 우뚝 솟아있는 애인(동화)의 존재로 인해 그는 전혀 초라하지 않다. 때로는 며칠을 방탕하게 먹고 마시고 놀다가도 다시 애인(동화 쓰기)을 향해 마음을 다잡는다. A 씨의 삶이 절대로 허망하지 않은 것은 사랑하는 그(동화)가 강력한 중심축이 되어 그를 붙잡아주기 때문이다.

사랑에 빠진 A 씨는 바로 동화에 빠진 나의 이야기다. 갱년기 나이에 접어든 여성들의 경우 자녀 뒷바라지에 손을 떼게 되면 '빈 둥지 증후군'으로 힘들어하는 일도 있다. 품고 있던 자식들이 둥지를 떠나니 마음이 허해서 우울증이 오기도 하고 이유 없이 삶이 허망하기도 하다. 하지만 뭔가 자기 일에 열정을 보이는 사람들은 그런 증후군조차도 비껴가기 마련이다.

동화작가들은 모든 것들을 바라볼 때 동심이라는 필터로 걸러 바라볼 필요가 있다. 매사 동화적인 사고를 필요로 한다. 머리를 식히기 위해 보는 영화나 드라마, 또는 미술작품을 감상할 때나 노래 한 곡을 들을 때도 내 무의식은 동화창작에 초점을 맞추고 꺼리를 찾아 뭔가를 은연중에 저장해 놓는다.

또 책을 쓰는 사람이다 보니 책도 열심히 읽어야 한다. 독서는 즐거움이기도 하지만 작가들은 일의 연장이기도 하다. 봐야 할 책이 너무 많으니 읽기에 게으름을 부려서는 안 된다.

프리랜서 작가들이 쓴 글을 보면 출퇴근 시간이 정해져 있는 직장인들에 비해 시간 구애를 받지 않아 매우 여유롭고 유연하게 시간을 쓸 수 있음을 장점으로 내세운다. 그 말은 일견 타당하다. 아침마다 정확한 시간에 집을 나서고 정해진 시간만큼 조직 내에서 일해야 하는 직장인들에 비하면 프리랜서 작가들은 얽매임 없이 자신이 시간 관리를 하므로 비교적 자유로운 편이다.

하지만 오히려 정확한 출퇴근이 없기 때문에 일과 휴식의 경계가 없기도 하다. 더구나 집과 작업실이 분리되어 있지 않다면 작업의 연장인 경우가 허다하다. 그래서인지 나는 요즘 선미의 노래 '24시간이 모자라~.'라는 가사가 자주 입안을 맴돈다.

그뿐인가. 주부로서의 일도 산더미 같기에 집안일과 병행하다 보면 밀린 원고 쓰기에도 시간이 부족할 때가 많다. 그러다 보니 밤에 누워서도 작품 구상을 떠올리고, 심지어는 꿈에서까지 작품을 쓴다.

나이를 먹으면서 요즘은 일하는 시간과 휴식 시간을 분리하려고 노력한다. 푹 쉬어야 집중해서 일할 수 있으니 저녁에는 릴랙스한 시간을 보내려고 한다. 아니, 몸이 저절로 퇴근 시간을 알린다. 온전히 글만 쓸 수 있는 날은 오전 10시부터 시작해 오후 4, 5시까지. 보통 6시간 정도 집필에 몰두한다.

요즘 나이가 들면서 몸에 슬슬 골병이 들고 있다. 목, 허리디스크, 관절병, 손목터널증후군, 어깨통증, 비만 등. 하지만 이런 병은 작가라서 생긴 병이라기보다는 물리적인 나이로 인한 신체적 퇴행이므로 심각하게 받아들이지 않는다. 동화창작의 즐거움은, 이러한 고통을 충분히 상쇄시켜주고도 남는다.

동화작가들은 나이보다 젊어 보이는 사람들이 많다. 그냥 인사말인지는 몰라도 내게도 '동안이세요.'라고 말하는 분들도 많다. 아마도 '동심'을 지녀서 그럴 것이다. 그런 동심과 함께 글에 대한 열정을 지녔기에 마음이 늘 젊은 것은 아닐까.

늙는다는 것, 노화한다는 것에 대해 아리스토텔레스는 '몸에 열이 식은 것'이라고 정의했다. 사실 생명이 살아있다는 것은 '내적인 열'에 의한 것이다. 죽음은 차갑지 않던가. 청년을 가리켜 피가 펄펄 끓는다고 표현하는 것처럼 반대로 '노인'이 되는 과정은 뜨거움이 사라져버린 상태일 것이다.

내가 노인이 되는 시점은 아마도 동화에 대한 열정이 식는 그 순간일 것이다. 나이가 80이어도 동화에 대한 열정이 있다면 '나는 노인이 아니다.'라고 부르짖을 것이다.

여전히 내 가슴을 뛰게 하는 '동화'라는 애인이 없었다면 나는 더 빨리 늙고 더 많이 병들어 있었을 것이 분명하다.

"작가는 지쳐있거나 무관심한 영혼들을 흔들어 깨우는 작업을 합니다. 그러려면 보통 사람의 평균 노동 시간 8시간보다 더 많이 일해야 하지 않겠습니까. 집필에 들어가면 12시간, 더러는 18시간 노동을 합니다."

- 조정래 작가

설령 입은 옷이 낡고 허름해도, 또 사는 집이 작고 초라해도 그 중심에 우뚝 솟아있는 애인(동화)의 존재로 인해 그는 전혀 초라하지 않다. 때로는 며칠을 방탕하게 먹고 마시고 놀다가도 다시 애인(동화 쓰기)을 향해 마음을 다잡는다. A 씨의 삶이 절대로 허망하지 않은 것은 사랑하는 그(동화)가 강력한 중심축이 되어 그를 붙잡아주기 때문이다.

03

작가의 작업실

『찰리와 초콜릿 공장』으로 유명한 영국 동화작가 로알드 달은 런던의 북서쪽에 있는 소도시 그레이트 미센든에 '화이트 필드'라 불리는 조그만 시골집을 구매하여 입주한 뒤, 그의 집 한가운데에 조그만 오두막을 지어놓고 그곳에 틀어박혀 글을 썼다.

그는 다섯 명의 아이를 둔 아버지였고 그의 정원은 늘 아이들과 동물들로 북적였단다. 그는 집필에 몰두하기 위해 정원 한가운데에 벽돌로 오두막을 지었다. 집시하우스라고 이름 붙인 이곳에서 로알드 달은 정신집중을 위해 커튼을 내리고 글을 썼다. 아이들에게는 '이곳에는 무서운 사자가 있다.'고 말해 작업에 방해하지 못하도록 했다고 한다. 그의 작업실에는 기억과 상상력을 촉발할 물건과 그림들로 가득했고, 그는 32년 동안 이곳에서 유명한 동화책들을 집필해냈다.

『월든』의 저자 헨리 데이비드 소로는 월든 호숫가에 다섯 평짜리 오두막을 짓고 자연주의 삶을 살면서 작품 집필을 했다.

『하악하악』의 이외수 작가는 집 안에 글감옥을 만들어 스스로 그곳에 들어가 글을 썼다는 일화로 유명하다. 부인이 글감옥에 밥을 넣어주면 그것을 먹고 그곳에 갇혀 글을 썼다고 한다.

『인연』이라는 수필집으로 유명한 피천득 작가는 섬세하고 간결한 문체로 우리 마음에 울림을 주는 백미 같은 글을 써내는 작가였다. 피천득 작가가 타계했던 2007년 5월 25일, 신문에는 그의 타계 소식을 알리는 기사와 함께 그가 평생을 살아온 서울의 작은 아파트에 피천득이라는 명성에 걸맞지 않은 소박한 서재를 소개했었다. 군더더기 없는 깔끔하고 소박한 그의 글처럼 그의 서재 역시 단 몇 권의 책만이 꽂혀 있는 아주 소박한 서재였다. 그 기사를 읽으며 작가와 글과 서재가 오롯이 하나로 다가와 숙연해졌던 기억이 있다.

『강아지똥』의 권정생 작가는 안동 조탑동의 허름한 집에서 작품을 쓰다가 타계하였다. 교회 문간방에서 살면서 교회 종지기로 삶을 살아온 권정생 작가는 『강아지똥』, 『몽실언니』 등 우리 아동문학의 주옥같은 작품을 써온 작가이다. 권정생 작가는 안동시 일직면 조탑동 허름한 집에서 돌아가시기 전까지 작품 활동을 하였다. 담장도 대문도 없이 바위 하나만 덩그러니 놓여있는 초라한 집에서 작가의 서재라고는 믿어지지 않을 정도로 초라한 방이 그분의 서재 겸 작업실이었다. 그곳에서 아름다운 작품을 집필하고 벌어들인 인세는 불우한 어린이와 북한 어린이에게 써 주라고 당부하며 생을 마감하였다.

『꺼벙이 억수』의 윤수천 동화작가는 젊은 작가 못지않은 활발한 활동으로 여전히 어린이들에게 사랑받는 인기 작가이다. 윤수천 작가는 작가로 등단하고 얼마간은 서재를 갖지 못했다고 한다. 부모님과 세 아이와 함께 살다 보니 정작 작가의 공간을 따로 갖는 것은 꿈에 불과했다고 한다. 그래서 아무 데나 밥상을 놓고 앉으면 그곳이 서재요, 집필실이었다고 한다. 안방, 건넌방, 마루, 주방까지….

그 뒤 창문도 없는 골방을 집필실로 삼아 글을 쓰다가 세 자녀가 결혼해 집을 나간 뒤에야 드디어 방 두 개를 튼 지금의 서재 겸 집필실을 가질 수 있었다는 글을 본 적이 있다. 윤수천 작가는 '서재는 삶의 작전 지휘소요, 창작의 산실이며, 꿈의 요새'라고 하였다.

작가의 서재, 혹은 집필실은 하루 대부분을 보내는 중요한 공간이다. 그곳은 쉼 없이 돌아가는 치열한 노동자의 공장이기도 하고 깊은 사색의 정원이기도 하다.

나는 늘 초록 정원이 보이고 꽃과 새들이 함께하는 그런 집필실을 꿈꾸지만 현실은 그러하지 못하다.

나도 처음엔 집필실이 따로 없었다. 안방 한구석에 책상을 놓고 그 옆에 필요에 따라 책꽂이를 하나둘 세워두었다. 그러다 보니 그 주변을 따라 책이 하나둘 산처럼 쌓여 자연스럽게 경계선이 만들어지면서 안방이 침실과 서재 둘로 나뉘었다. 나는 흡사 책무덤 속에 갇힌 작은 애벌레 같았다. 책이 높이 높이 쌓여가니 먼지도 많아지고, 그런 열악한 환경 속에서도 불평 없이 열심히 동화를 썼다.

그러다 작업실을 얻어야겠다는 생각이 들어 일산 호수공원 근처의 오피스텔을 알아보기도 했다. 하지만 월세를 감당하기도 부담스럽고 그 당시 아직 어린 자녀들 때문에 수시로 집을 들랑거려야 하는 번거로움 때문에 작업실 얻는 것을 포기했다. 대신 좀 더 넓은 집으로 이사를 했다.

남편은 안방을 반으로 갈라 책상을 놓고 밤새 글을 쓰던 내 모습이 안타까웠던지 인테리어 공사를 할 때 내 집필실이 될 방에 각별히 신경을 써주었다. 벽지며 책상, 책장 등을 골라 꾸며 주었다. 그곳은 북쪽 방이었고 책상 옆 넓은 창으로는 초록 나무들이 담장처럼 둘려 있었다. 남편이 골라준 짙은 회색 벽지는 세련되면서도 탁월한 선택이었다. 그 차분한 방에서 나는 10년 동안 많은 작품을 써냈다.

그리고 지금의 파주 운정 신도시 아파트로 이사 와서는, 남편의 권유로 가장 넓은 방을 내 집필실로 쓰게 되었다. 하지만 8층이다 보니 초록 나무가 안 보여 섭섭하다. 초록 빛깔은 내게 에너지를 주는 색채이다. 그나마 베란다 너머로 보이는 운정 호수공원의 꼬랑지를 바라보며 초록 기운을 얻는다. 지금의 작업실은 남향이다 보니 밝다. 밝은 에너지가 선천적으로 많은 내게는 그다지 잘 맞는 작업실은 아닌 것 같다. 나는 적당한 음기로 나를 조금 눌러주는 곳이 체질적으로 맞는 것 같다. 비가 오거나 흐린 날 집중력이 백 퍼센트에 도달되고 작업이 잘 되는 것도 이런 체질과 맞는 것 같다.

하지만 이곳은 오롯이 나만의 세계이다. 새벽에 눈을 뜨면 이곳에서 책을 읽고 써야 할 작품에 대해 가만히 생각한다. 내 체취와 내가 간직한 기억들을 조심조심 꺼내 볼 수 있는 공간이다. 내 몸과 하나같은 존재로 여겨지는 작업실인지라 애정이 큰 만큼 가끔 욕심을 부려보기도 한다.

'좀 더 멋스럽게 꾸밀 수는 없을까?'

'여기에 뭔가를 하나 더 놓아볼까?'

여건상 더 이상의 큰 변화를 줄 수 없는, 즉 호화로운 작업실로의 변신은 태생적으로 안 되는 공간인데도 괜한 욕심을 부려봤던 것이다.

이 작업실과 함께 나는 또 하나의 작업실을 갖고 있다. 그곳은 바로 우리 동네 S 카페이다. 요즘은 거의 카페로 아침 일찍 출근해서 일을 시작한다. 창가 쪽 1인 의자에 앉아 창밖으로 초록색 가로수들을 바라보며 작업을 한다. 적당한 백색소음과 맛있는 커피와 빵 한 조각이 나를 작업에 몰입하게 해준다. 내게는 참 고마운 공간이다.

가끔 이제 막 글을 쓰기 시작한 수강생이 따로 작업실이 없어 글 쓰는 데에 어려움이 있다고 토로하는 경우가 있다.

"제 서재가 없어요."

"남편이랑 같이 서재를 쓰다 보니 글쓰기가 잘 안 돼요."

하지만 선배 작가들은 더 열악한 환경 속에서도 열정적으로 글을 썼다. 멋진 작업실이 갖춰져 있다면 말할 나위 없이 좋겠지만 그렇지 못하다 해도 얼마든지 좋은 글을 쓸 수 있다. 요즘은 지역마다 도서관도 잘 갖춰져 있고 스터디 카페도 있다. 마음만 먹으면 얼마든 자신의 글쓰기 공간을 마련할 수 있다. 내가 아는 어느 작가는 일산의 어느 도서관에 날마다 출근을 하여 글을 쓰는 것을 보았다. 또 어느 작가는 작업실이 없어서 베란다에 컴퓨터 하나를 두고 그곳을 작업실 삼아 작업하는 경우도 있다. 작업실 운운하는 것은 핑계다.

어느 여성 잡지에서 유명 작가의 호화로운 작업실을 본 적이 있다. 넓고 럭

셔리한 작업실을 보면서 부러웠던 것도 사실이다. 그 작가는 표절 시비에 휘말려 언론을 들썩이게 하기도 했다. 또 어느 작가는 넓은 평수의 아파트에 살면서 거실을 온통 서재처럼 꾸며놓고 책을 장식 삼아 근사하게 인테리어를 해놨지만 지적 허세만 넘칠 뿐 그 작가는 1년에 한 작품도 쓰지 않는 작가다.

이 글을 쓰는 지금 호화로운 작업실보다 밥상을 들고 이곳저곳 옮겨 다니며 따뜻한 동화를 평생 써오던 원로 동화작가의 그 작은 밥상이 참 위대해 보인다.

권정생 작가는 안동 일직면 조탑동 허름한 집에서 돌아가시기 전까지 작품 활동을 하였다. 담장도 대문도 없이 바위 하나만 덩그러니 놓여있는 초라한 집에서 작가의 서재라고는 믿어지지 않을 정도로 초라한 방이 그분의 서재 겸 작업실이었다. 그곳에서 아름다운 작품을 집필하고 벌어들인 인세는 불우한 어린이와 북한 어린이에게 써 주라고 당부하며 생을 마감하였다.

04

작가의 여행

가장 뜨거운 여름에 피는 다홍색 꽃이 있다. 이글이글 타오르는 7, 8월의 해 아래에서는 그 어떤 꽃이든 살아남기 어려울 듯한데, 다른 꽃들 다 말라버리고 타 죽어버릴 때 뜨거운 해 아래 피는 이 꽃은 대체 뭔가.

어느 해, 경남 지방에 여행을 갔다가 길가 가로수마다 피어있는 붉은 꽃을 보고 이 나무가 궁금한 적이 있었다. 열정적인 그 꽃나무는 배롱나무꽃이었다.

경남 고성에 가면 '동동숲'이 있다. '동시 동화 나무의 숲' 이름을 줄여 동동 숲이라 부르는데, 우리나라 아동문학가들의 '내 나무'가 자라고 있는 아동문학의 성지 같은 곳이다. 작가들은 저마다 열심히 창작하는 대가로 그 숲에 자기 나무를 지정할 수 있다. 새로 심어주거나 숲에 있는 나무를 내 나무로 지정할 수 있는데, 나도 그곳에 가면 김경옥의 내 나무가 있다.

처음 내 나무를 정할 때 어떤 나무로 할까 고민하다가 '배롱나무'로 정했다. 한여름 뜨거운 아스팔트 가로수를 장식하며 사람들에게 아름다움과 강한 인상을 동시에 심어주던 듬직한 배롱나무가 생각났기 때문이다.

도종환 시인의 '목백일홍'이라는 시에서처럼 '소리 없이 시들면서도 온몸 다해 꽃을 피워내며 아무도 모르게 거듭나고 거듭나는' 그 모습이 믿음직스럽고 열정적으로 보였다.

여행은 그 지역의 자연을 접하게 되는 것이 첫 번째 이로움이다. 보이는 것이 다르고, 느끼는 것이 다르며, 와 닿는 공기가 다르다. 그러니 많은 것을 느끼는 게 당연하다.

'인생은 나그네 길'이라는 말이 있다. 유행가 가사처럼 '어디서 왔다가 어디로 흘러가는지도 모르게 떠돌다 가는 게 인생'일 것이다. 우리의 삶은 종착지에 이르기까지 계속 흘러가고 진행된다. 그러기에 삶을 이어가는 인간을 가리켜 여행자 또는 나그네로 표현하기도 한다. 철학자 가브리엘 마르셀은 인간을 끊임없이 걷고 이동하는 존재로 여겨 '호모비아토르 Homo Viator', 즉 '여행하는 인간'이라고 규정했다.

인간은 새로운 경험을 할 때 즐거움의 신경호르몬인 도파민이 분비된다. 정착되고 안정된 삶 중에도 우린 가끔 어디론가 떠나길 원한다. 낯설고 새로운 곳으로의 여행은 대단히 생산적인 긴장감을 안겨준다. 또 설렘과 즐거움 그리고 삶의 활력을 안겨준다.

창작하는 작가들에게 가장 중요한 것은 독서와 사색 그리고 여행이라고 생각한다. 여행은 익숙하고 편한 곳을 떠나 낯설고 새로운 경험을 할 기회다. 익숙한 곳에서는 매너리즘에 빠지기 쉽다. '창작'은 '낯설게 하기'다. 이미 익숙한 것, 흔한 이야기를 쓸 필요는 없다. 새로운 것, 낯선 것, 참신한 것은 문학에서 끊임없이 요구되는 것이다.

작가들은 매너리즘에 빠지기 쉬운데 이런 함정에서 벗어나기 위해 때때로 여행이 필요하다. 환경을 바꾸는 것만으로도 우리의 뇌는 자극되고 참신한 소재와 스토리가 떠오른다.

나는 작품을 쓰기 위해 취재 차 여행지를 찾는 경우도 있지만, 대부분은 여행은 여행대로 충분히 즐기는 편이다. 여행 중 얻어낸 여러 에너지는, 훗날 다시 집으로 돌아와 내 창작의 에너지로 전환되는 것이다.

내가 쓴 첫 장편 『아이들은 왜 숲으로 갔을까』(홍진출판사.절판)는 울진 소광리 소나무숲이 배경이 된 작품이다. 이 작품을 쓰기 위해 나는 삼박 사일 정도의 여행 계획을 세웠고, 춘양을 비롯해 소광리 소나무숲과 마을을 구석구석 답사했다. 그때 마을의 이장님 댁에서 머물며 숲을 답사했었다.

또 『나는 네가 밉다』(아이앤북) 작품은 가족들과 겨울 휴가차 떠난 군산 여행 후 내게 영감을 선사해 쓰게 된 작품이다. 군산의 여러 섬 중 어느 한 섬에 들렀는데 그곳에서 본 바다와 갈매기, 그물을 손질하는 어부, 어장에 말려놓은 생선, 바람 냄새 등이 작품 배경을 만들게 해주었다. 또 군산의 도심에 있는 공원도 작품 속에 활용되었다.

『엄마랑 나랑 유럽 여행 간다』(대교출판.절판)는 유럽 여행을 아이와 엄마가 함께 하는 콘셉트로 쓰인 책이다. 엄마와 함께 여행하면서 느낄만한 에피소드와 함께 유럽의 문화를 가볍게 소개한 동화 여행기이다.

『우리는 일 년 내내 방학이에요』(꿈터)는 동생이 필리핀에 4년간 살고 있었을 때 친정 가족들과 함께 머물면서 현지인과 같이 생활했던 경험이 녹아난 작품이다.

몇 년 전 작가들과 함께 가벼운 여행으로 블라디보스토크를 여행한 적이 있다. 그때 역사 동화를 많이 쓰시는 이규희 선배는 블라디보스토크 신한촌의 우수리스크 수이펀 강가에 세워진 이상설 독립운동가의 유허비를 본 뒤 『독립군이 된 세 친구』(파랑새)라는 책을 내기도 했다.

작가들은 이처럼 여행 중 우연히 보고 들은 것과 만난 사람들을 통해 이야기를 빚어낸다. 지방을 여행하다 보면 낯섦으로 인해 새로운 소재가 떠오르기도 한다. 또 새로운 인물을 창조해 내기도 한다. 보고 느낀 대로 뭐든 작품에 활용이 되는 경험은 작가들에게는 흔하다.

가끔은 창작을 위한 '환기'가 필요할 때가 있다. 간단히 꾸린 짐가방을 메고 거침없이 떠나, 생경한 섬이나 농촌, 바닷가 마을, 또는 외국의 여러 도시를 여행하다 보면 경험을 늘려주고 깊은 사색을 하게 해주며, 신선한 창작 에너지를 얻게 해준다.

창작하는 작가들에게 가장 중요한 것은 독서와 사색 그리고 여행이라고 생각한다. 여행은 익숙하고 편한 곳을 떠나 낯설고 새로운 경험을할 기회다. 익숙한 곳에서는 매너리즘에 빠지기 쉽다. '창작'은 '낯설게하기'다. 이미 익숙한 것, 흔한 이야기를 쓸 필요는 없다. 새로운 것, 낯선 것, 참신한 것은 문학에서 끊임없이 요구되는 것이다.

05

작가와 편집자, 출판사

작가가 되고 나서 만나는 사람 중에 가장 중요한 만남은 바로 편집자와의 만남이다. 편집자에게 전화가 오면 일단 반갑다. 사실 편집자와의 전화 통화는 나쁠 일이 별로 없다. 대부분 반가운 소식이다.

"선생님, 선생님 책 이번에 재판 찍어요."

"어머 정말요! 아이고 반가워라."

"인세는 곧 입금될 거예요."

"하하하, 감사합니다. 제가 맛난 밥 한 번 살게요."

얼마나 즐거운 소식인가. 또 이런 반가운 전화도 있다.

"선생님, 원고 있으면 하나 주세요. 고학년도 좋고, 저학년도 좋아요."

"아, 그럼 저학년 원고 하나 써놓은 거 있는데 읽어 보실래요?"

"좋죠! 빨리 보내주세요."

내 작품을 알아봐 주고 나에게 청탁을 해주는 이들이 있다는 것은 참 행복하고 감사한 일이다. 또 생각만 해도 즐거워 입꼬리가 올라가는 반가운 전화도 있다.

"선생님, 이번에 선생님 책이 ○○○에 추천도서로 선정돼서 만 부 인쇄 들어갔어요."

"우아, 요즘 책 안 팔려 죽을 지경인데, 단비 같은 소식이네요. 감사해요."

"저희가 감사하죠. 그리고 선생님 작품이 워낙 좋잖아요."

편집자와 이런 소식을 주고받을 때면 정말 작가로서 희열을 느낀다. 편집자와 작품에 대한 피드백이 오고 갈 때도 결론적으로는 작품을 더 좋게 하기 위한 과정이므로 나는 전적으로 그들을 신뢰한다. 그리고 관계를 소중히 지켜나가려 애쓴다.

물론 내 작품에 대해 이러저러한 이유를 들어 냉정히 거절하는 편집자도 있다. 비슷한 주제의 책이 이미 진행 중에 있다거나, 기존에 있는 출판된 시리즈물과는 색깔이 확연히 달라 마땅히 어디 끼워 넣기가 모호할 때, 그리고 무엇보다 출간했을 때 독자를 사로잡을 만한 큰 매력이 느껴지지 않을 때 정중히 거절하기도 한다. 하지만 이미 몇 번 같이 작업을 해본 적이 있는 편집자의 그런 거절은 충분히 이해하며 받아들인다. 그리고 이러한 신뢰가 쌓이기까지는 분명 어느 만큼의 노력과 시간이 필요하다.

나 역시 20여 년간의 작가 생활 덕분에 나를 인정해 주고 믿어주는 편집자가 많다. 원고를 달라고 하는데도 못 줘서 탈이지, 최소한 내가 원고를 디밀었을 때 무시하거나 성의 없게 대하지는 않는다. 그들은 예의를 갖춰 내 원고를 읽어봐 주고 책을 내준다.

내가 느끼는 편집자들에 대한 인상은 대체로 성품이 온유하고 지적이며 고상하고 차분하다. 작가의 말을 충분히 잘 들어주고 이해하는 폭도 넓다. 작품에 대한 안목도 높고 예리하여 작가가 미처 생각하지 못한 부분들까지 찾아내어 설득력 있게 이야기해 준다.

그들은 절대 작가가 쓴 작품에 대해 함부로 말하거나 근거 없는 자기주장을 펼치지 않는다. 그들은 작품에 어떤 문제를 발견했을 때 차분하게 대화를 이끈다. 그리고 작가를 대하는 태도도 예의 바르고 세련되었다. 성격도 급하고 내 주장이 좀 강한 나는 그래서 그 직업군의 사람들을 참 좋아한다.

등단하고 한 오 년 정도 되던 신인 때였다. 그때 내 이름으로 나온 개인 창작집이 두 세 권 정도 있었을 때였다. 그때 단편 작품들로 경기문화재단의 창작 수혜기금을 받게 되어 정해진 기간 내에 책을 내야만 했다. 나는 세 군데 출판사에 원고를 의뢰했다. 첫 번째 출판사에서는 담당 편집자가 연락을 해왔다.

'작품을 잘 보았고, 자신은 작품을 아주 긍정적으로 검토했으며 팀장께 결재를 올렸으나, 팀장이 해외 출장 등 일정으로 최종 답변을 주기까지는 시간이 더 필요하다.'고 알려왔다. 나는 언제까지 답을 달라고 구체적인 날짜를 제시했었다.

두 번째 출판사는 이미 내 책을 낸 적이 있는 출판사였다. 『사고뭉치 삼돌이』라는 책을 낸 소담출판사인데 그 책을 내면서도 사실 편집자와 사장을 만나본 적은 없었다. 기획하신 분을 통해 책을 계약하고 출간했기 때문이다.

그리고 세 번째 출판사는 두 군데에서 만일 퇴짜를 맞을 경우를 대비해 대안으로 생각했던 솔직히 탐탁지 않은 신생 출판사였다.

첫 번째 출판사는 최종 답변이 미뤄져 기다릴 것인가 말 것인가 결정해야 했다. 두 번째 출판사는 연락이 올 법한데 이상하게 아무런 답장이 오질 않았다. 결국, 탐탁지 않은 출판사로 결정을 해야 하나? 고민하던 중, 무심코 이메일을 검토해보았다. 그런데 내가 그토록 기다리던 메일이 수신 차단에 걸려있었다.

마치 소중하게 빼놓은 반지 하나가 잘못하여 하수구로 떠내려가기 일보 직전에 발견한 것 같은 느낌이었다. 차단된 메일을 해제하고 부랴부랴 열어 읽어보니 소담출판사에서 온 메일로 '계약을 하자.'는 내용이었다.

"앗싸!"

나는 세상을 다 얻은 듯 기뻤다. 곧바로 출판사로 전화를 하니 담당자였던 S씨가 상냥하게 응대해주었다.

"선생님 책을 출간하기로 사장님 결재가 났습니다. 저희 출판사에 한 번 방문해 주셔서 계약서를 작성하시면 좋겠어요."

그때의 반가움과 고마움이란! 그 이후로도 S 편집자와는 지금까지 좋은 관계를 맺으며 여러 번 일을 같이했다. S 씨는 아동도서 평론가로도 활동하면서 사진작가와 결혼하여 아기도 낳고 잘살고 있다. 얼마 전 반가운 그의 전화를 받았다.

"선생님, 저 순천에서 살아요. 순천에 작은 서점을 냈어요."

그는 남편과 함께 순천으로 내려가 남편은 사진관을 하고 자신은 작은 서점을 열었다고 한다.

"어머, 멋져라! 그새 그런 일을 벌이고 있었군요. 완전 영화 같은 삶이네요."

"에이 그냥 작은 서점이에요. 선생님 저희 서점에 오셔서 강의 한번 해주세요."

"당연히 가야죠. 달려갈게요!"

나는 진심으로 그의 전화가 반가웠다. 책을 좋아하고 책 만드는 일을 해오던 그에게 참 잘 어울리는 삶을 다시 열었구나 싶었다.

그때 인연이 된 소담출판사와는 그 이후로도 오랜 시간 함께 작업했다. 소담출판사 J 부장과도 여러 책을 함께 작업해, 친근한 사이가 되었다. 우리는 만나면 밥도 먹고 술도 마시고 연극도 함께 본다. J 부장은 이야기 중에 작가가 무심코 낸 아이디어나 기획에 대해 절대 소홀히 듣지 않고 꼭 메모를 해두었다가 회사에 전달하여 반영한다.

그렇게 해서 나온 책이 소담출판사의 '안전 동화 시리즈'이다. 동화작가이면서 초등학교 교사인 박신식 작가는 J 부장과 담소를 나누던 중에 '안전 동화'에 대한 필요성을 이야기했고, J 부장은 그 내용을 즉각 회사에 전달해 곧바로 일을 진행하게 했다.

세월호 사건 이후 우리 사회는 안전에 대해 절대적인 필요성을 인식하게 되었고 그러다 보니 초등학교에도 안전교육 7대 표준안에 따른 교과과정이 들어가게 되었다.

우리는 이러한 7대 표준안에 따라 10개로 분류하여 학교, 가정, 폭력, 먹거리, 야외 활동 등 어린이 안전에 관해 총 10권의 책을 내는 대대적인 작업을 하기로 했다. 박신식 작가와 나는 각각 다섯 권씩의 책을 쓰기로 했고 우리 세 사람은 어린이를 위한 좋은 책을 만든다는 사명감을 가지고 머리를 맞대고 열심히 논의해 나갔다.

그런 노력 덕분인지 그 책은 출간 전에 '우수 출판 콘텐츠'에 선정되어 작가와 출판사가 지원금을 받게 되었다. 대신 천천히 일정한 기간을 두고 출판하려던 계획과는 달리 열 권의 책을 정해진 기간 내에 다 출간해야만 하는 숙제를 떠안게 되었다.

박신식 작가와 나는 좋은 원고를 쓰기 위해 최선을 다했다. 편집자는 야근을 마다하지 않으며 고된 작업을 해냈다. 그때 나는 원형탈모가 오기도 해서 충격을 받기도 했다. 그 책은 나오자마자 중국에 열 권이 몽땅 수출되고 여기저기서 추천도서로 많이 오르게 되었다.

이처럼 작가와 편집자의 만남은 매우 건설적인 만남이다. 술자리나 식사 자리를 통해 작품에 관한 이야기가 자연스럽게 나오고 그것은 쌍방 간에 좋은 책을 출판하는 결과를 가져오는 첫 단추가 되기도 한다.

『불량 아빠 만세』(시공주니어) 책을 만든 시공주니어의 P 팀장은 늘 열린 자세로 작가의 원고를 검토한다. 하지만 그는 작품에 대해 오랜 시간 꼼꼼한 내부 회의를 거쳐 피드백을 주곤 한다. 그것은 최종 결과물을 잘 만들려는 프로정신에서 비롯된다. 『불량 아빠 만세』 작품도 그의 피드백 덕분에 좋은 작품으로 완성되었다.

『말꼬랑지 말꼬투리』와 『아무것도 사지 않는 날』 책을 만든 상상의집 출판사도 나와 몇 차례 작업을 함께 했다. 책을 만든 편집부의 W 과장은 작가를 무척 존중해주며 책도 퀄리티 높게 잘 만드는 편집자이다. 나는 그를 전적으로 신뢰하고 그도 나를 전적으로 신뢰한다. 그러다 보니 항상 손발이 착착 잘 맞는 느낌이랄까. 책 진행도 매끄럽고 만든 책마다 반응도 좋다.

『말꼬랑지 말꼬투리』는 몇 년간 전북지역에서 한 책 읽기로 선정되어 많은 사랑을 받았고, 『아무것도 사지 않는 날』은 대만으로 수출이 되었다.

작가들은 편집자들과 만나는 자리를 좋아하고 그런 자리를 자주 만들어야 한다. 한번은 안선모 작가가 『성을 쌓는 아이』(청어람주니어)라는 역사 동화책을 낸 뒤, 출판사 편집자와 작가 몇 명이 함께 식사하는 자리를 만들었다. 안선모 작가는 편집자와 매우 돈독한 사이였던 터라 출판사에 좋은 작가를 소개하고 싶었다. 그리하여 좋은 원고를 줄 만한 작가 6명을 불러내 만남의 자리를 만들었다.

그때 함께 자리했던 작가들 대부분이 그 출판사에서 역사 동화를 내게 되었고 시리즈에 작가들의 이름이 나란히 올라가 있다. 나도 『공양왕의 마지막 동무들』(청어람주니어)가 책으로 나왔다.

어린이 책은 작가와 편집자 그리고 그림을 그리는 화가가 조화를 잘 이뤄 만들어내는 합작품이다. 특히 편집자는 책을 만드는 과정에서 그가 어떤 능력을 발휘하느냐에 따라 원고가 발전되기도 하고 책의 최종 모양새도 결정된다. 편집자는 작품에 대한 높은 안목을 지닌 자들이다. 작가가 미처 생각하지 못한 부분들에 대한 피드백을 통해 작품은 한층 살아나기도 한다. 그러나 요즘 젊은 편집자들에게서는 감각은 있되, 이런 깊은 문학적 안목이 아쉬울 때도 있다. 그러니 편집자들도 작가만큼이나 부단히 문학에 대한 안목을 높여야 한다.

특히 책 모양새는 편집자에 의해 결정된다. 작품이 아무리 좋아도 편집자가 책을 예쁘게 잘 만들어내지 못하면 좋은 작품이 죽어버리기도 한다.

편집자의 세련된 감각과 기지가 발휘되어야 한다. 작품과 어울리는 화가를 섭외하여 좋은 그림이 나오도록 진행해야 하며, 작가의 작품 중에 치명적인 결함을 찾아내 피드백을 주는 일, 또 먼지만큼의 실수도 허락되지 않는 교정·교열 작업 및 그림을 앉히고 표지를 디자인하는 데에도 그들의 감각이 필요하다. 또 독자를 유인하는 제목에 대해서도 작가와 함께 머리를 맞대고 고민하기도 한다.

또 책이 나왔을 때 어떤 부분에 포커스를 맞춰 어떻게 보도 자료를 작성하느냐도 매우 중요한 일이다.

책이 만들어지는 모든 과정에서 편집자의 능력이 요구되며 프로 정신이 발휘된다. 그러니 작가는 좋은 편집자를 만나는 일이 매우 중요하다. 안타까운 것은 경력 많고 유능한 편집자들은 높은 임금 때문에 오래도록 출판사에서 자리를 지키지 못한 채 결국 물러나야 하는 경우가 많다. 그것은 영세한 출판 환경 때문일 것이다.

좋은 책을 만든다는 일념 하나로 작가와 함께 늘 고민하고 최선을 다하는 편집자들. 평생 책 만드는 일에 헌신한 덕에 머리는 하얗게 세고 만다. 그 멋진 흰머리를 휘날리며 작가와 함께 작품을 논하는, 유능하고 노련한 편집자의 모습을 오래 보고 싶다.

어린이 책은 작가와 편집자 그리고 그림을 그리는 화가가 조화를 잘 이뤄 만들어내는 합작품이다. 특히 편집자는 책을 만드는 과정에서 그가 어떤 능력을 발휘하느냐에 따라 원고가 발전되기도 하고 책의 최종 모양새도 결정된다.

IV

동화작가
입문 방법

01

제도권 문학에서 탈 제도권 문학으로?

'작가가 되려면 어떤 절차를 거쳐야 하는가?'에 대한 답은 이미 많이 알고 있을 것이다. 우리나라는 문학 공모제가 있고 이런 공모제에서 당선이 되어야만 작가라는 이름을 얻을 수 있다. 어찌 보면 굉장히 보수적인 제도이다.

문학 공모제는 꽤 많다. 각종 신춘문예부터 각종 문예지 공모, 또 창비, 문학동네, 대교출판, 문학사상사 등 대형 출판사들의 상금을 내건 공모제, 또 기업이나, 정부 문화예술위, 또 지방자치단체에서 내건 공모 등도 있다.

우리나라 최초의 신춘문예는 1915년에 시작된 매일신문 신춘문예이다. 그 뒤 동아일보(1925년), 조선일보(1928년) 등을 거쳐 현재에도 주요일간지 및 지방 신문사 등 20개가 넘는 신춘문예 공모가 매해 상금을 내걸고 신인 작가들을 기다리고 있다.

100년이 넘은 신춘문예 제도는 예전과 비교하면 그 전통과 권위가 많이 줄어든 게 사실이다. 아마도 신춘문예보다 더 큰 상금을 내건 대형 출판사들의 문학 공모, 또 기업에서 후원하는 공모제 등이 생겨나서 그럴 것이다.

또 신춘문예는 신인 작가를 뽑고 난 뒤 별다른 지원이 없다 보니 '등단미아'(당선자 이름만 있을 뿐, 이후 작가는 전혀 활동을 안 해 미아처럼 사라져 버렸다는 뜻)라는 말이 생기기도 하는데, 출판사 공모는 상금도 더 많고 당선작이 곧바로 책으로 나올 뿐만 아니라 마케팅 효과도 집중되다 보니 선호도가 높다.

신춘문예 제도는 전통이 있지만 굉장히 보수적인 제도이다. 요즘처럼 인간의 능력이 다양하고 질량이 높아진 세상에, 예전과 같은 방식으로 매해 1월, 한 신문사의 한 장르당 (소설, 시, 동화 등) 한 명의 작가만을 뽑는 방식에 반발심이 들 수도 있다. 요즘은 더구나 인터넷이라는 매체를 통해 세계가 하나 되어 돌아가는 국제화 시대를 살고 있다. 공간과 시간을 초월하여 어떤 글도 이젠 함께 보며 공유할 수 있다.

그런데 여전히 한두 명의 단골 심사위원만으로 작품을 뽑고, 신문사마다 정해진 몇 명의 심사위원이 해마다 돌아가면서 심사하는 방식이라면 새로운 시각의 작품이 나오기는 힘들다. 오죽하면 지망생들은 신문사의 당선작 경향을 파악하고 좇아가려 할까. 매해 1월을 기다려온 많은 작가 지망생들은 공모에서 떨어지고 나면, 또 1년을 기다려야만 한 작품을 출품할 수 있으니 이런 방식이 매우 답답하게 느껴지기도 한다.

그런데도 이런 방식의 긍정적 측면을 굳이 들자면, 문학상 공모제를 통해 좀 더 엄격하게 작가를 가려내고, 그만큼 검증된 사람을 뽑아낸다는 그 '엄격함'을 들 수 있을 것이다.

요즘 이런 제도에 슬슬 변화가 오고 있다. 인터넷에 자유롭게 올린 글이 많은 구독자를 만들고, 그러다 보니 꼭 등단제도에 의해 뽑힌 작가가 아니어도 출판사의 제의를 받아 얼마든지 책을 내고 작가로 활동할 수 있는 세상이 되었다. 하지만 자유로운 글쓰기 환경 아래서 두서없이 출판된 책들은, 작가 검증 절차를 거치지 않아 기본 자질에 대한 의심과 함께 자칫 글의 수준을 떨어뜨릴 수도 있다.

요즘은 출판환경의 변화로 누구든 쉽게 책을 낼 수 있는 세상이 되었다. 특히 큰 자본금이 필요 없는 1인 출판사가 늘어나고 제작 방식도 달라졌다. 미리 책을 제작해 놓은 뒤 판매하는 방식이 아닌, 주문 즉시 제작에 들어가는 POD 출판 방식 등 소자본 출판이 가능한 환경이 되었다.

기존 출판사는 편집자 손을 거쳐 책으로 만들어진 후 대형 유통사를 통해 판매되지만, POD 출판은 소비자의 주문이 생기면 그때 제작하여 발송하기 때문에 초기 출판비용이 적게 들고 도서 보관료가 들지 않는 장점이 있다. 하지만 제작단가가 높아 이윤이 적고, 또 주문 즉시 제작되는 방식이라 1주일 정도 지나야 독자의 손에 들어가며 주로 온라인에서만 유통된다는 특성이 있다.

문학상 공모제

신춘문예 응모 부문

부 문	편수/원고량 (200자 원고지)	상 금
중편소설	250~300장 (줄거리 10장 별도)	2,000만원
단편소설	70장 안팎	700만원
시	5편 이상	500만원
시조	5편 이상	300만원
희곡	100장 안팎 (시놉시스 10장 별도)	300만원
동화	30장 안팎	300만원
시나리오	400장 안팎 (시놉시스 10장 별도)	300만원
문학평론	60장 안팎	300만원
영화평론	60장 안팎 (영화 단평 10장 추가)	300만원

아동문학 신춘문예 공모전 (엽서시 문학공모 사이트 참조 www.ilovecontest.com)			
강원일보 200만원	조선일보 300만원	불교신문 300만원	광주일보 100만원
경남신문 100만원	동아일보 300만원	한국불교신문 300만원	아주경제보훈 50만원
경상일보 200만원	매일신문 300만원	서울신문 250만원	글로리경제 100만원
국제신문 400만원	무등일보 150만원	전북일보 150만원	전남매일신문 200만원
광남일보 150만원	문화일보 300만원	한국일보 200만원	부산일보 300만원

출판사 및 기업 동화 공모전 (엽서시 문학공모 사이트 참조 www.ilovecontest.com)	
창비 어린이 신인문학상	한국안데르센상 작품공모전
문학동네 어린이 문학상 공모	밀크T 창작동화 공모전
MBC 창작동화대상 공모	샘터상 문예공모전
황금펜 아동문학상 작품 공모	마로니에 여성 백일장

꼭 등단제도에 의해 뽑힌 작가가 아니어도 출판사의 제의를 받아 얼마든지 책을 내고 작가로 활동할 수 있는 세상이 되었다. 하지만 자유로운 글쓰기 환경 아래서 두서없이 출판된 책들은, 작가 검증 절차를 거치지 않아 기본 자질에 대한 의심과 함께 자칫 글의 수준을 떨어뜨릴 수도 있다.

02

나도 작가가 될 수 있을까 (자가 진단법)

가끔 그런 질문을 받는다.

'작가가 될 수 있는 소질은 무엇입니까?'

그 질문에 나는 큰 고민 없이 재빨리 대답한다. 그동안 수강생들을 가르쳐 오면서 봐온 사실들이 있기 때문이다.

그 질문에 나는 '작가가 될 수 없는 사람'에 대해 이야기하곤 한다.

첫 번째로 '독서를 싫어하는 사람'은 작가가 되기 힘들다고 말하고 싶다. 작가가 주로 하는 일은 책을 읽고 글을 쓰는 일이다. 두 가지는 항상 같이 갈 수밖에 없다.

그런데 동화를 쓰겠다고 온 사람들을 보면 책을 거의 안 읽는다. 그동안 읽은 책을 물어도 내 아이에게 읽어주면서 봤던 그림책 몇 권이 전부다. 내 아이에게 읽어주던 글밥 적은 그림책이 그렇게나 만만히 생각된 까닭일까? 몇 줄 안 되는 그림책이 사실 얼마나 쓰기 힘든 작업인지를 그들은 동화를 쓰면서 비로소 깨닫는다.

자신이 본 극히 일부가 '동화 세상의 전부'라고 착각을 하는 건 아닌지 묻고 싶다. 동화를 쓰기 위해서는 기본적으로 '동심'이 필요하지만, 그와 함께 철학자와도 같은 인생에 대한 깊은 안목과 성찰, 사색이 필요하다. 그러기 위해서는 끊임없이 책을 읽고 나 자신을 깊은 우물처럼 키워나가야 한다.

글쓰기의 기본은 뭐니 뭐니 해도 독서다. 글을 잘 쓰는 사람들은 대부분 책을 많이 읽은 사람들이다. 이 세상에 나온 책들은 삶에 대한 작가의 사상이 담겨있으며, 또한 기본적으로 문장력이 뒷받침되어 있다. 책을 많이 읽은 사람들은 저절로 문장력을 갖추게 되고 생각이 깊어지며 세상을 바라보는 안목이 자랄 수밖에 없다.

어른들이 아이들에게 독서를 권하는 흔한 이유와 같다.

"애들아, 책을 읽으면 사고력과 이해력이 좋아진단다. 그래서 똑똑하고 공부도 잘하게 되지. 또 주인공을 통해 친구를 이해하게 되고 공감 능력이 좋아져 인성이 자라게 된단다."

어른이 아이들에게 독서를 하라고 잔소리하는 것과 똑같다. 독서는 타인의 삶을 통해 나를 키워내고 성장시킨다. 글을 쓰려면 끊임없는 독서와 성찰, 사색을 통해 나 자신을 성장시켜야 한다. 하나의 작품은 독자들에게 큰 영향을 미치게 된다. 그런 영향력을 주는 작가들의 생각이 깊은 우물이 아닌, 바닥을 드러내는 얕은 우물이 되어서야 쓰겠는가.

글쓰기를 가르치다 보면 수강생들에게 글쓰기의 스킬은 얼마든지 가르쳐줄 수 있다. 문장 또한 얼마든지 배우며 다듬어나갈 수 있다. 하지만 작품의 주제의식을 드러내는 것은 온전히 글 쓰는 이의 몫이다. 그가 어떤 문제의식을 갖고 있으며 삶에 대한 태도나 철학이 어떠한지가 작품 속에 드러나게 마련이며 이것은 짧은 시간에 가르쳐줄 수 없다. 온전히 글쓴이의 몫이다.

잔재주만 부리면서 독자를 현혹하는 글은 결코 오래 가지 않는다. 작가는 참신한 소재를 고르는 안목과 감각도 필요하지만, 작가의 깊은 철학이 우러나와 독자를 감동하게 하고 삶에 선한 영향력을 끼치는 작가여야 한다.

또 작가가 되기 위한 소질은 '관찰력이 좋은가'를 묻고 싶다. 글쓰기는 매우 정교한 작업이다. 무언가를 묘사해내고 표현해내려면 사물을 관찰하는 노력이 필요하다. 둔감함보다는 예민함이 있어야 한다.

다음은 '사람에게 관심이 있는가'를 묻고 싶다. 문학은 결국 '사람에 관한 이야기'이다. 작가는 끊임없이 '사람'과 '사람 사는 세상'에 대해 관심을 가져야 한다. 그런데 종종 냉정한 작가들을 보게 된다.

어느 작가가 자기에 관해 쓴 글을 읽은 적이 있다. 이 사람은 내 눈에 평소에도 냉정해 보이고 거만해 보였다. 어느 잡지에서 자신에 관해 쓴 글을 보니, 여행을 갔는데 택시 기사와 여행지에서 만난 사람들이 자꾸 말을 붙여서 짜증이 났다고 쓴 것을 보았다. 물론 누구나 자기 시간에 방해받고 싶지 않은 마음은 이해되고 나도 당연히 그럴 수 있다. 하지만 쓸데없이 자꾸 말을 걸어서 짜증이 났다고 말하는 그 사람의 성정을 보면서 작가로서 자질은 아니라고 생각했다. 공작새처럼 화려한 날개를 펼쳤지만 결국 멋진 날개와 장식 깃 아래에는 차가운 머리로만 써 내려간 거짓 글이라고 느끼는 순간이었다.

작가에게 여행은 '사람들의 세상살이'를 엿보고 함께 할 좋은 기회다. 설령 말을 걸어오는 그 순간이 귀찮다 하더라도 그 시간은 작가에겐 관찰의 시간이 될 수 있다. 타인의 친절을 받아들이며 인간에 대한 따뜻한 눈과 마음을 갖는다면 더 좋은 글을 쓸 수 있지 않을까.

또 작가의 자질 중에 중요한 것은 끈기와 성실함이다. 소설이나 동화 등 산문은 자리에 앉아 오랜 시간 작업을 해야 한다. 아동물도 저학년은 원고지 100매부터 고학년 장편은 원고지 200매~300매, 청소년소설은 400매쯤 되어야 한다. 성인 소설은 원고지 1000매 이상 써야 한다. 단 몇 줄의 시를 쓰는 시인도 시어 하나를 찾기 위해 몇 날 며칠 밤을 새우기도 한다는 이야기를 많이 들었을 것이다.

몇백 매의 원고를 쓰려면 하루하루 단 몇 장이라도 성실하고 끈기 있게 글을 써야 한다. 그 고단함을 기꺼이 이겨내고 성실한 노동자처럼 꾸준한 작업이 이어져야 한다.

무엇보다 제일 중요한 것은 글쓰기가 좋아서 언제나 즐겁게 할 수 있는 사람이어야 한다. 글쓰기는 고된 작업이지만, 글을 쓰고 났을 때 분명 희열과 보람이 있다.

글을 쓸 때 너무 스트레스가 심하다면 글쓰기를 재고해봐야 한다. 압박감이 오더라도 희열이 뒤따르는지, 아니면 스트레스만 쌓여서 골치가 아프고 건강에 이상이 올 정도면 당장 그만두기를 권한다. 이런 분들은 과제물을 내주면 자꾸 핑계를 대면서 과제를 안 해오고 수업도 자주 빠진다. 당장 그만두기를 강력히 권한다.

하지만 창작의 고통을 상쇄시키는 희열과 기쁨, 보람을 경험한 분이라면 글쓰기 훈련을 통해 얼마든지 작가로 성장할 수 있는 역량을 가진 분이라고 말해줄 수 있다.

[자가 진단법]

동심이 있다고 생각하는가?
읽고 쓰는 것을 좋아하는가?
관찰력이 좋은가?
사람에게 관심이 있는가?
세상을 바라보는 따뜻한 마음이 있는가?
끈기가 있고 성실한가?
글쓰기 작업 후 희열을 느끼는가?

인내하시오!

영감을 기대하지 마시오.

그런 것은 존재하지 않습니다.

예술가의 자격은, 오직 지혜와 주의와 성실과 의지뿐입니다.

성실한 노동자처럼, 그대들의 일을 하시오.

– 최기원의 『로댕 어록』 중에서

원고지 몇백 매의 글을 쓰려면 하루하루 단 몇 장이라도 성실하고 끈기 있게 글을 써야 한다. 그 고단함을 기꺼이 이겨내고 성실한 노동 자처럼 꾸준한 작업이 이어져야 한다. 무엇보다 제일 중요한 것은 글쓰 기가 좋아서 언제나 즐겁게 할 수 있는 사람이어야 한다. 글쓰기는 고 된 작업이지만, 글을 쓰고 났을 때 분명 희열과 보람이 있다.

03

동화 문단과 도서 시장

아동 문단에는 많은 작가가 있다. 동시작가, 동화작가, 그림책작가. 그 수를 정확히 헤아릴 수는 없으나, 그 수가 어떻든 간에 아동문학가가 더 많아져야 한다는 게 내 생각이다.

갈수록 세상은 더 각박해지고 힘들어진다. 물질의 풍요는 있으나 지나친 물질문명과 기계화로 인해 인간성은 상실되고 황폐해졌으며, 범죄는 더 잔혹해지고 있다. 이에 따라 아이들의 삶은 예전에 비해 몇 곱절 힘들다.

이럴 때일수록 동시, 동화를 많이 써야 한다. 아동문학의 주 독자는 어린이지만 '동화'는 어린이만 읽는 문학이 아니다. 이제는 이런 인식의 변화로 인해 어른들도 함께 동화책을 읽고 그림책을 연구하는 등의 모임이 제법 활발해졌다. 동화, 동시를 쓰다 보면 우리의 마음은 정화되고 세상은 점점 더 선한 영향력으로 물들어 갈 것이다. 아동 작가의 수가 많아질수록 나비 효과도 커지고 세상은 더 아름다워질 거라 믿는다.

내가 바라보는 아동 문단의 생태계는 제법 괜찮다고 여겨진다. 왜냐하면, 아동 작가의 수가 많은 만큼이나 다양한 작가들이 다양한 책을 내고 있다.

지금 당장 온라인 서점에 들어가 어린이 책 코너를 뒤져보면 작가들이 상당히 많다는 것을 느낄 것이다. 같은 아동 문단에 있어도 이름을 처음 들어보는 작가도 엄청 많다.

아동 문단의 생태계가 괜찮다고 생각하는 이유는, 잘 나가는 유명한 작가도 책을 내지만, 신인 작가들도 얼마든지 책을 내기 때문이다. 유명한 몇 사람에게만 집중되지는 않는다는 것이다. 들판에 자라는 풀들이 힘센 놈만 땅을 차지하고 퍼져나간다면 생태계는 파괴될 것이다. 동화도 마찬가지다. 잘 나가는 몇 작가만 계속 책을 낸다면 어린이들에게 이만한 불행은 없다. 아이들은 다양한 작가들의 다양한 책을 만날 필요가 있다.

물론 열심히 잘 써야만 책을 낼 수가 있다. 등단하고도 책 한 권 못 낸 채 어느새 사라져버린 작가들도 부지기수다. 출판사는 늘 새로운 원고를 기다리고 있는 곳이다. 원고만 좋다면 얼마든지 출판할 수 있다. 실제 내가 가르친 작가들은 신인 임에도 출판사에서 열린 마음으로 그들의 원고를 검토해주었고 출판을 해주었다.

우리나라 아동도서 시장은 꽤 활발하다. 1년에 발행되는 전체 도서 출간량 중에서 아동도서 출판 비중이 상당히 높다. 이것은 자녀에 대한 관심과 교육열 때문일 것이다. 1년에 책 한 권 안 사는 어른들도, 자녀를 위해서는 기꺼이 책은 사주기 때문이다.

인격이 아직 완성되지 않은 어린이들은 다양한 책을 읽어야 한다. 그러기에 출판사들은 끊임없이 어린이 책을 펴낸다.

내가 2000년에 등단을 했는데, 2000년대 초반에는 우리나라 창작시장이 활기를 띠던 때였다. 1997년 IMF 외환위기가 터진 뒤 견고하기만 할 줄 알았던 대기업들이 우르르 무너져 내리면서 오히려 개인의 창의성을 바탕으로 한 벤처기업이 열풍을 얻게 된다. 사회적으로 개인의 창의성과 상상력을 중요시하게 되었고, 초등학교에서도 그 무렵 창의성 교육이 강조되었다.

이런 분위기와 맞물린 것이 바로 창작동화 시장이었다. 동화는 원래 낭만주의 문학이다. 동화의 아버지로 불리는 크리스티안 안데르센이 『안데르센 동화전집』으로 세계적인 찬사를 받고 아동문학의 꽃을 피울 수 있었던 것은 이런 개인의 상상력이 통하는 낭만주의 시대였기 때문일 것이다.

나도 2000년에 문예지로 등단을 하고, 운 좋게 곧바로 개인 동화집 『엘리베이터 안의 비밀』을 펴낼 수 있었던 것은 바로 이런 사회 분위기 덕분이었다.

창작동화의 호황 시기였던 2000년대 초반을 제외하고는 지금까지 동화를 쓰면서 출판시장이 좋다는 이야기를 들어본 적이 없다. 해마다 출판 관계자들은 책이 안 팔린다고 푸념을 늘어놓았다. 그런데 여전히 어린이 책은 쏟아져 나오고 있다. 또 책은 여전히 어린이들에게 유용하게 사용되고 있다.

아동 문단의 생태계가 괜찮다고 생각하는 이유는, 잘 나가는 유명한 작가도 책을 내지만, 신인 작가들도 얼마든지 책을 내기 때문이다. 들판에 자라는 풀들이 힘센 놈만 땅을 차지하고 퍼져나간다면 생태계는 파괴될 것이다. 동화도 마찬가지다. 잘 나가는 몇 작가만 계속 책을 낸다면 어린이들에게 이만한 불행은 없다. 아이들은 다양한 작가들의 다양한 책을 만날 필요가 있다.

04

첫 책은 어떻게 내야 하나

첫 책을 내기 위한 원고 점검

그럼, 등단 후 첫 책을 내려면 어떻게 해야 할까.

우선 내가 쓴 원고를 최대한 노력을 기울여 잘 다듬고 완성도를 높여야 한다. 이미 편집자와 신뢰를 쌓은 기성 작가라면 비록 초고일지라도 고쳐질 원고의 가능성을 가늠하여 출판을 허락할 수도 있다. 하지만 신인들의 경우 처음 내미는 원고가 첫인상이다. 대부분의 출판사는 많은 원고가 쌓여있는 곳이다. 편집자들은 그 많은 원고를 읽어 그중에 옥석을 가려내야 한다. 아무도 나를 알아주지 않는다. 작가는 오로지 작품으로만 말할 뿐이다. 그러니 첫 시작부터 신경을 써야 한다.

내가 쓴 작품의 첫 시작이 진부한지 흥미로운지 따져봐야 한다. 첫인상이 중요한 것처럼 첫 시작 부분부터 관심을 끌도록 고민하며 써야 한다. 문장도 여러 번 꼼꼼히 다듬어야 한다. 문장은 무척 중요하다. 거슬리거나 어설픈 문장이 있으면 읽을 때 몰입되지 않는다. 거슬리거나 뒤틀린 문장이 여러 번 반복 된다면 작품에 의심을 품게 만든다.

사건 역시 진부하거나 작위적이지 않은지 따져봐야 한다. 흔히 '작가는 능

청스러운 이야기꾼이 되어야 한다.'라고 말하는 것은 이런 작위적인 연출을 하지 말아야 한다는 뜻이다. 제목도 대충 짓지 말고 어떻게 하면 더 유인 작용을 할 수 있을지 따져본다. 그 정도로 신경을 많이 쓰라는 뜻이다. 여러 차례 잘 다듬은 뒤 목차와 작가의 머리말까지 붙여 내 작품의 의도를 정리해 두고, 부족한 부분은 얼마든지 수정할 여지가 있음을 밝혀둔다면 더 호감을 받을 것이다.

어느 출판사로 보내야 할까

이 부분이 제일 고민된다. 그러려면 내 원고에 적합한 출판사를 찾아봐야 한다. 출판사는 책 한 권 내는데 드는 비용을 생각하며 이윤을 따지지 않을 수가 없다. 원고 채택에 대해 무척 깐깐할 수밖에 없다. 그러니 책을 내려면 부지런히 출판사의 문을 두드리고 원고 의뢰를 해야 한다. 한번 거절당했다고 기가 죽어 도전도 못 하면 이 바닥에서 살아남지 못한다.

만일 내 원고가 분량이 많고 내용이 고학년 학생에게 적합한데, 내가 선택한 출판사는 가볍고 재미있게 읽을 수 있는 저학년용 동화를 주로 출판하는 곳이라면 아무리 좋은 작품이어도 거절을 당할 수밖에 없다. 또한 주로 목적성이 있는 기획 시리즈를 펴낸 출판사인데 보낸 원고는 순수 문학작품이라면 아무리 좋아도 시리즈와 어울리지 않기에 거절 당한다. 그러니 여기저기 출판사를 찾아보고 내 작품과 맞을만한 곳을 알아봐야 한다.

또 A 출판사에서는 갖은 이유를 대면서 거절을 했는데 B 출판사에서는 원고에 대해 칭찬하며 반기는 일도 있다. 그게 바로 인연이다. 사람마다 가치관이 다른 것처럼 출판사도 각기 추구하는 방향성이 다를 수 있다. 우리가 잘 아는 작가 조앤 K.롤링 역시 해리포터 작품이 세상에 나오기 전에 여러 출판사에서 수없이 퇴짜를 맞았었다는 얘기를 들었을 것이다. 작가들은 원고를 퇴짜 맞을 때마다 이 사실을 떠올리며 스스로 위안의 방패로 삼기도 한다.

그러나 중요한 것은 좋은 원고는 결국 통한다는 사실이며, 어디선가, 누군가는 알아봐 준다는 사실이다.

작가들은 자기 혼자 고독한 글쓰기를 하므로 때로는 틀에 갇혀있기도 한다. 그러나 누군가 지나가면서 '툭' 하고 한 번 건드려주면 얼마든지 더 좋은 작품으로 변화시킬 수 있는 글쓰기 능력을 갖춘 자들이다.

편집자 역시 작가가 의뢰한 원고가 지금으로서는 부족한 부분이 있지만 수정을 거치면 얼마든지 좋은 모습으로 달라질 가능성을 품고 있다는 것을 찾아낼 수 있어야 한다. 능력 있는 편집자는 평범한 원고에서 다이아몬드 같은 빛을 발견하고 그것을 살려 나갈 수 있도록 적절한 피드백을 준다. 그런 사람이 유능한 편집자이다.

작가 또한 편집자들의 이런 피드백을 무시한 채 '내가 쓴 글은 한 글자도 절대 못 고친다.'라며 똥고집을 부린다면 평생 책 한 권 출간하기 어렵다. 또한, 고칠 능력이 안 되는 사람으로 여겨진다. 물론 자기 작품의 어느 부분에 대해 절대적인 고집을 지켜나가야 할 때도 있다. 작가로서의 고집을 지켜나가야 할 때와 그저 감정적인 오만함에서 나오는 똥고집은 좀 다르다고 생각한다.

어쨌든 작가와 편집자의 결론은 똑같다.

가장 좋은 책, 더 좋은 책을 만들자! 그 결론에 도달하기 위해 과정상의 절차에 최선의 노력을 할 필요가 있다.

'두드려라! 열릴 것이다. 출판의 문이 활짝!'

대부분의 출판사는 많은 원고가 쌓여있는 곳이다. 편집자들은 그 많은 원고를 읽어 그중에 옥석을 가려내야 한다. 작가는 오로지 작품으로만 말할 뿐이다. 그러니 첫 시작부터 신경을 써야 한다. 첫인상이 중요한 것처럼 첫 시작 부분부터 관심을 끌도록 고민하며 써야 한다. 문장도 여러 번 꼼꼼히 다듬어야 한다. 문장은 무척 중요하다. 거슬리거나 어설픈 문장이 있으면 읽을 때 몰입되지 않는다. 거슬리거나 뒤틀린 문장이 여러 번 반복 된다면 작품에 의심을 품게 만든다.

만일 내 원고가 분량이 많고 내용이 고학년 학생에게 적합한데, 내가 선택한 출판사는 가볍고 재미있게 읽을 수 있는 저학년용 동화를 주로 출판하는 곳이라면 아무리 좋은 작품이어도 거절을 당할 수밖에 없다. 그러니 여기저기 출판사를 찾아보고 내 작품과 맞을만한 곳을 알아봐야 한다.

05

작가의 수입 – 인세와 계약서, 작가 강연

　작가는 책을 내기 전에 계약서를 작성한다. 계약서는 출판 표준계약서를 사용하며 보통 출판권과 발행권에 대한 권리를 출판사와 5년간 계약을 맺는 방식이다. 저작권 자체를 출판사에 양도하는 계약은 있을 수 없다. 저작권은 항상 작가에게 있는 것이며 출판권 설정에 따른 계약으로써 계약금, 출간 예정일, 인세 비율, 인세 지급 방식 또 2차 저작물에 따른 분배 방식 등에 대한 내용이 적혀있다.

　요즘은 종이책뿐만 아니라 전자책과 2차 저작물, 즉 번역, 연극, 만화, 방송 등 여러 형태의 저작물 제작이 많아져, 사용에 따라 수익 배분을 어떻게 할지도 중요해졌다.

　계약은 보통 인세 계약으로 진행되는데 출판사마다 인세율이 조금씩 다르다. 대부분의 출판사가 글작가와 그림작가를 합쳐 10% 정도의 인세를 지급한다. 그림이 들어가지 않는 청소년소설의 경우는 10% 인세를 지급한다. 하지만 어린이 도서에는 대개 그림이 들어가므로 글 작가와 그림작가가 7:3, 6:4 정도로 나누고, 계약하는 작가의 인지도나 상황에 따라 8% 이상을 주기도 한다. 본격 그림책의 경우는 그림작가의 인세 비율이 더 높이 책정되어 6:4 정도로 배분한다.

출판사에서 초판을 얼마나 제작하느냐에 따라 선인세가 결정되는데 초판 발행 부수에 인세율을 곱해 지급하게 된다. 책값은 10,000원이고 인세율 10% 계약에 2,000부를 제작했다면 10,000원의 10%인 1,000원 × 2,000부. 즉 200만 원이 선지급된다. 그 후로는 분기별로 팔린 만큼 정산해 주는 일도 있고, 재판을 찍는 대로 선지급하는 때도 있다. 초판이 다 팔려 1,000부 재판을 찍었다면 100만 원 지급해주는 방식이다.

책이 많이 팔릴 경우를 대비해 작가들은 러닝 개런티 인세를 요구할 수도 있다. 즉 처음에는 8% 인세율로 계산했지만 10,001부부터 1~2% 더 추가된 인세율을 요구할 수도 있다.

초판 발행의 계약은 5년이고, 이후에는 작가나 출판사 양쪽에서 계약 갱신을 원하지 않는다고 6개월 전에 문서로 통고하지 않는 한, 원래 계약서와 같은 조건으로 5년간 자동 연장되는 방식이다.

이러한 인세 말고 매절 계약도 있다. 매절 계약은 출판사가 한꺼번에 일정한 고료를 지급하고 끝나는 방식이다. 한꺼번에 엄청나게 많은 돈을 준다면 모를까 알량한 돈 몇 푼에 매절 계약을 하는 것은 신중해야 한다. 왜냐하면, 책은 언제 어떻게 날개를 펼친 채 날아다닐지 아무도 모르기 때문이다.

그러니 계약서를 작성할 때는 모든 조항을 잘 살펴 혹시나 작가에게 불리한 독소 조항이 없는지 살펴봐야 한다.

예전에는 작가들의 저작권 보호가 강화되지 않아 '저작권 양도 계약'이라는 억울한 계약도 있었다. 앞서도 말했듯이 저작권은 항상 작가에게 있는 것이다. 저작권을 양도해서는 절대 안 된다. 작가는 출판사에 일정 기간 동안 '출판권'을 허락해주는 것일 뿐이다.

작가들은 인세 수입 외에도 강연 수입이 짭짤하다. 내 책을 읽은 사람들이 작가를 초청하는 것인데, 동화작가의 경우 도서관이나 학교에서 아이들에게 책을 읽힌 뒤 작가초청을 하는 경우가 상당히 많다.

작가초청 행사를 가게 되면 아이들에게 자연스럽게 책 이야기를 들려주고 작가와 독자 간에 즐거운 소통을 하면 된다.

작가 강연은 수입원으로 유용하다. 또 초청이 들어왔을 때 마다할 이유가 없다. 나도 작가 강연을 열심히 다니는 이유가 나를 부르는 곳이 많을수록 내 책이 많이 팔려나간다. 그래서 지방이든 어디든 불러주면 열심히 다닌다.

그러나 작가 강연 수입은 어디까지나 부수입이다. 작가들은 뭐니 뭐니 해도 책이 잘 팔려 인세 수입이 많아야 행복한 작가이며 이것이야말로 작가로서 자랑거리다.

인세가 잘 들어오면 경제적 근심 없이 또 다른 좋은 작품 쓰는 것에 오롯이 집중할 수 있다. 작가의 주된 일이 글쓰기가 아닌 작가 강연이 되어버린다면 더는 좋은 작품 쓰기는 힘들어질 것이다. 그래서 적절한 균형이 필요하다.

> 저작권 자체를 출판사에 양도하는 계약은 있을 수 없다. 저작권은 항상 작가에게 있는 것이며 출판권설정에 따른 계약으로써 계약금, 출간 예정일, 인세 비율, 인세 지급 방식 또 2차 저작물에 따른 분배 방식 등에 대한 내용이 계약서에 적혀있다.

동화는
어떻게 써야 할까?

동화를 쓰기 전에 알아야 할 것

동화의 특성과 기본 요건

아동문학은 일반 문학과 대비해 볼 때 몇 가지 특성을 찾을 수 있다.

1. 단계성

성장기에 속하는 어린이들은 연령별로 신체적, 정신적으로 많은 격차를 보인다. 따라서 아동문학은 각기 다른 연령층을 대상으로 아동의 성장 발달 단계에 맞게 제공되어야 한다. 이것이 아동문학의 단계성이다.

즉, 유아기와 아동기, 청소년기까지 빠른 속도로 개성과 환경, 신체적, 정신적 능력의 차이로 인한 인성, 지적 발달, 감수성, 저항력 등에 많은 격차를 나타낼 수 있다.

2. 예술성을 중요시하는 문학이다.

예술성이란 문학성을 말한다. 문학에서 가장 중요한 것은 감동을 끌어내는 일이다. 잘 짜인 구성에 따라 아름답게 승화된 이야기는 독자들에게 감동을 선사한다. 이런 감동이야말로 문학작품의 예술성이다. 도덕 교과서의 이야기처럼 노골적으로 교훈성이 드러나면 문학성이 훼손되고 감동은 사그라든다. 또 판타지 장치나 인물 묘사 등 여러 기법과 정확한 문장 표현 등을 통해 문학성을 드러낼 수도 있다.

3. 흥미성을 중요시하는 문학이다.

예술을 감상하는 일차적 목적은 즐거움을 맛보는 데에 있다. 독서의 목적도 즐거움을 맛보는 일이 우선이다. 특히 주 독자가 어린이들인 아동문학의 경우 흥미성은 중요하다. 흥미성은 농담이나 우스갯소리, 혹은 말장난의 말초적 흥미가 아니라 격조 높은 문학성에서 나오는 재미성이어야 한다.

흥미 있는 작품이 되기 위해서는 새로운 소재가 호기심을 불러일으켜야 한다. 또한, 구태의연하고 평범한 이야기보다는 신선하고 파격적인 이야기여야 한다. 경직된 사고와 고정관념을 깨뜨려 어린이에게 흥미를 유발하고 동심의 렌즈로 조율한 작품이어야 한다. 동화의 세계는 무한한 꿈과 자유를 실현하게 해주는 판타지이며, 고정관념을 깨뜨리는 난센스다. 또한, 인간의 진실한 삶을 그린 리얼리티다.

4. 교육성을 염두에 두어야 한다.

바꾸어 말하면 비교육적이어서는 안 된다는 것이다. 저속하거나, 퇴폐적이거나, 정치적 구호가 난무하는 선동적인 내용이어서는 안 된다. 또한 '교훈'과 혼동되어서도 안 된다. 교훈은 도덕주의적인 가르침으로 오히려 문학작품에 교훈이 드러나면 문학작품의 격이 떨어진다. 문학작품에 있어 교육성이란 겉으로 드러나지 않고 작품 속에 녹아 있어야 하며, 어린이들의 건전한 사고와 가치관, 감정 등을 성장시켜 인격을 완성 시켜주는 정신작용이라고 할 수 있다.

5. 단순, 명쾌성이 있어야 한다.

단순, 명쾌성과 맞서는 말은 복잡, 모호성이라고 할 수 있다. 어린이들은 생리적 특성상 복잡하거나 애매모호한 것을 싫어한다. 단순성이란 이야기의 구성이나 전개, 혹은 시적 비유나 상징의 단순성을 의미한다. 전래동화나 우화의 구성은 복잡하지도 이야기의 종결이 애매하지도 않다. 그렇다고 무조건 쉽게 창작된 것을 단순성이라고 말할 수는 없다. 동화에서 단순성을 추구하는 것은 순진무구한 어린이들의 심성과 통하기 때문이다. 난해하고 메시지가 불분명한 작품이 되어서는 안 된다. 명쾌성이란, 어린이들의 진솔한 마음처럼 등장인물의 성격 등이 확연하게 드러나야 한다. 사건의 결말 구조도 명쾌하게 해결되어야 한다.

6. 동화는 이상성을 지녀야 한다.

이상성이란 인간이 가장 인간답게 사는 것을 말한다. 즉 인간이 지향해야 할 가치관을 지켜나가는 것을 말한다. 아무리 힘들고 괴롭더라도 인간이 도달해야 할 이상세계의 실현을 목표로 해야 한다. 동화를 이상주의 문학 또는 인도주의 문학이라고 하는 것은 동화가 궁극적으로 지향하는 세계가 인간답게 사는 '이상세계'의 실현을 그리는 것이다. 미움과 갈등을 정화하고 불행을 행복으로, 또 고난과 절망을 희망으로 바꾸어 독자에게 선사해주는 문학이다.

작가는 자신의 세계관이나 인생관을 깊이 성찰하여 작품을 통해 어린이들이 꿈꾸는 이상세계를 잘 구현해내는 것이 중요하다.

– 강정규, 『아동문학창작론』(학연사) 참고

아동문학과 아동발달 단계와의 관계

1. 아기-자장 얘기기 (4세경까지)

사물의 움직임과 형태를 구분하는 시기. 자기를 중심으로 하는 인간과 사물의 명칭, 성질, 관계 등을 이야기로 확인하며 배우는 단계. 말을 처음 익히는 때이므로 청각을 활용하는 음악 교육이 효과적이며 오감이 발달하기 시작한다. 생활의 기본적 습관들이 이야기에 의해 촉구되는 시기이다.

2. 유아-옛이야기기 (4~6세경까지)

작은 힘과 판단력이 생겨 스스로 움직이며 노는 단계. 다양한 언어를 습득하고 개념을 소화하려는 시기로, 기초적인 정보와 지식을 전달할 수 있는 때이므로 간단한 내용의 책을 습득할 수 있다. 자기중심적인 사고를 하는데 대개 하나의 사실에 집착하여 편향적인 사고를 한다. 나름대로 논리성을 갖추려 하고 수의 개념을 이해한다.

이때는 신변의 생활을 소재로 상상을 가미해 재구성한 이야기에 흥미를 느끼는 단계이다. 소박한 선악의 판단이 싹트는 시기이다.

3. 유치-우화기 (7~8세)

유아기의 심성은 존속되나 실제 생활이 사회적으로 확대되기 때문에 새로운 생활 장면에서의 행동의 규범에 관심을 두게 되는 시기이다. 따라서 왕성하게 가치의 판단을 구하며 도덕성을 내포한 이야기들을 애호한다. 상상의 세계에서 차차 현실을 이해하려는 시기이며 글을 읽기 시작하나 그림의 보조가 필요하다.

4. 아동-동화기 (8-10세경까지)

자기중심적 사고에서 탈피하여 이야기에 의한 현실의 재구성을 즐기게 되는 단계. 그러나 자기 생활의 단순한 재확인에 그치는 것이 아니라 오히려 타인의 경험을 통하여 새로운 현실을 배우려고 한다. 그래서 생활의 공간을 확대하면서 그것에 대한 태도와 가치 적용에 자주성을 키워나가는 시기이다.

5. 고학년 아동기-소설기 (11~13세경)

논리적인 사고력이 발달하며 새로운 행동의 영역을 적극적으로 개발하여 가려는 단계. 환상 세계에서 차차 현실을 이해하고자 하는 시기로 시간 개념과 현실 감각을 터득한다. 판타지도 과학적인 것이 되어 행동의 장벽을 극복하는 스릴을 즐긴다. 또한, 사회적 자각으로 인한 인간관계의 갈등이 아직 표피적이나 흥미를 느낀다. 자유롭고 광범위한 독서를 통해 다양한 사고방식에 대해 열린 마음을 갖게 해주는 것이 필요한 때이다.

- 강정규, 『아동문학창작론』(학연사) 참고

01

동화의 소재

동화에서는 무엇보다 세상을 아름답게 보고 인간 신뢰의 보편적 진실을 찾아 그리는 일이 중요하다. 그러므로 소재를 찾을 때도 겉에 드러난 외면적 현상보다 그 뒤에 숨은 내면적 진실을 찾아내는 데 주력해야 한다. 하찮고 무의미한 것들에도 애정을 지니고 인간과 동등한 생명체로 보는 마음이 필요하다.

동화의 소재는 삼라만상의 무엇이든 가능하다. 눈에 보이는 것들부터 보이지 않는 가상 세계의 기기묘묘한 것들, 모든 것들이 소재가 될 수 있다. 작가로서의 소질은 바로 이런 소재를 찾아내는 눈이다. 평범한 것도 작가의 눈으로 볼 때는 이야기가 숨어있음을 알아채야 한다. 소재를 고를 때 '이건 되고 이건 안 된다.'라고 미리 단정 지을 필요가 없다. 작가는 모든 경계를 허무는 사람이다. 평범한 일상도 살짝 비틀거나 낯설게 바라보는 나만의 비범한 눈을 기르는 일은 훈련으로 얼마든지 가능해진다.

글쓰기 몸풀기 게임

▶ 연상 게임, 낯설게 하기

<u>아래 제시되는 낱말을 보고 떠오르는 것들을 무작위로 써보세요. (1분)</u>
<u>주어진 시간 안에 최대한 많은 것들을 써보기.</u>

예) 하늘

연상되는 낱말 – 바람, 엄마, 소나기, 우산, 별, 구름, 친구, 신발, 엽서, 구멍
등

설명) 1분이라는 시간 안에 되도록 많이 쓸수록 창의력이 좋다고 보면 된다.
위에 열거된 것 중 흔하게 연상되는 낱말이 아닌 오히려 거리가 멀어 보이는 낱
말이 좋은 글감이 된다. 보통 '하늘'하면 바람, 별, 구름, 소나기 등을 자연스럽게
떠올린다. 이건 누구나 떠올리는 것들이다. 즉 우리 머릿속에 오랫동안 자리 잡
은 관념적인 것들이다. 하지만 '신발'이랄지, '엽서' 등은 고개를 갸웃거리게 만
든다.
　하늘이라는 낱말을 제시했는데 왜 '신발', '엽서'가 나왔는지 당사자에게 캐묻
지 않을 수 없다. 그러면 이런 식으로 대답하게 된다.

"어렸을 때 친구랑 개울가에서 놀았던 적이 있었어요. 어느 날 하늘에 까만
먹구름이 끼면서 천둥과 번개가 쳤는데 우리는 너무 무서워 집에 가려고 개울가
를 벗어났어요. 그러다 그만 신발이 벗겨져 냇물에 떨어졌지요. 신발을 건져야

하는데 폭우가 내렸어요. 망연자실 떠내려가는 신발을 바라만 보다가…. 그 신발은 아빠가 돌아가시기 전에 사준 소중한 신발이었거든요."

즉 자신의 경험 때문에 떠오른 낱말이다. 어린이들에게도 이런 식의 연상 게임을 통해 짧은 글을 짓게 하면 관념적인 글이 아닌, 생생한 경험의 글이 나오게 된다. 즉 서로 연관이 적어 보이는 낯선 것들이 오히려 신선하고 좋은 이야기 감이 될 수 있는 것이다.

글감 찾아보기

'소재'와 '글감'은 같은 말로써 날마다 글감을 찾는 노력을 해야 한다.

작품이 될지 안 될지 아직은 모르는 그 어떤 것들이라도 글감으로 활용할 수 있다. '글감'이 울퉁불퉁한 흙덩어리라면 그 속에서 작품으로 끌어낼 만한 요소를 찾아내면 그것이 흙속에 박힌 보석같은 '소재'가 되는 것이다.

그 소재를 중심으로 인물, 사건 등을 만들어 시놉시스로 잘 정리해 본 뒤 작품으로 완성시킨다.

예) 겪은 일 중에서 글감을 찾아본 예시

아이가 학교 숙제로 미래의 꿈에 대한 그림을 그리다가 물병을 엎질러 그림을 망쳤다. 도화지에 색칠하던 물감이 다 번지고 종이는 흠뻑 젖었다. 아이는 숙제를 망쳤다며 운다.

있었던 일을 그대로 적어왔다. 위 내용으로만 보면 동화로 쓰기에는 평범하다. 하지만 이런 글에서도 조금씩 비틀어서 생각하면 얼마든 소재를 찾을 수 있다.

→ 동화의 소재로 발전시키기 위해 살짝 비틀어보기.
→ 소재는 '꿈채화'로 정할 수도 있고 '지우개 물병'으로 정할 수도 있다.

① 미래의 꿈에 대한 그림 → 이루고 싶은 꿈이 있는 아이는 비밀스런 '꿈채화'를 그려 멋진 상상의 나래를 펼친다. '꿈채화'를 그리면 놀라운 일이 벌어지는 이야기.

② 물병을 엎질러 → 현실이 너무 괴롭고 힘든 아이는 자신의 모습을 그림으로 그린 뒤 '지우개 물병'을 엎질러서 그림을 지워 현실이 뒤바꾸는 판타지를 경험한다.

평범하게 겪은 이야기로 글감을 써왔지만 그 안에서 '꿈채화'와 '지우개 물병'이라는 새로운 소재를 찾아내 환상성이 깃든 동화를 쓸 수 있다.

이처럼 무작위로 골라온 글감에서 동화가 될 만한 소재를 찾는 훈련을 자꾸 해본다.

사진, 거울, 골목, 과자, 비밀, 요리, 문, 달력, 가면, 구두 가게, 거짓말, 가짜 친구, 비밀 그림, 동물원, 빵집, 나침반, 호루라기, 고양이, 시계, 엿듣기, 구멍, 그림, 내가 아끼는 물건, 나의 소중한 장소, 생태적인 것 등 모든 것들이 다 소재가 될 수 있다.

▶ 무작위로 글감 떠올려보기

종이에 떠오르는 대로 아무 낱말이나 적어본다.

우정　이상한 성격　내 맘대로
용기
자연 사랑
인권　거짓
목걸이
징그러운 곤충　택배
무관심　감정싸움　사랑
가면　감자꽃
악플　진실　학대
뻐꾸기
조손 가정　독거 노인　행운
기념품　억압　탈출　냉이꽃
형제애

▶ (괄호) 채워보기

제목을 먼저 만들어 이야기를 시작하여 보자.

「가짜 ○○」「가짜 ○○」「가짜 ○○」「가짜 ○○」「가짜○○」
예) 가짜 언니, 가짜 미소, 가짜 얼굴, 가짜 고민, 가짜 상담소, 가짜 우정 등

「 ~ 파티」「 ~ 파티」「 ~ 파티」「 ~ 파티」
예) 백점 파티, 용서 파티, 잠옷 파티, 어른 파티, 슬픔 파티 등

「 ~ 가게」「 ~ 가게」「 ~ 가게」「 ~ 가게」
예) 거짓 가게, 고민 가게, 기억 가게, 꼴찌 가게, 거꾸로 가게 등

「 ~ 방」「 ~ 방」「 ~ 방」「 ~ 방」

예) 가면방, 거짓말방, 수다방, 소심이방, 질투의 방, 화풀이방, 심심방, 비밀방 등

▶ 어떤 독특한 물건을 소재로 비밀이 숨겨진 이야기 끌어내 보기.

비밀의 올빼미, 비밀의 머리빗, 비밀 장화, 비밀 안경, 비밀 가죽신 등

▶ 의성어 의태어 등을 내세운 동화 제목으로 이야깃거리 꺼내 보기

「두근두근 내 인생」, 「부들부들 언니」, 「후덜덜 아빠」, 「버럭 오빠」, 「주저리주저리 섬」, 「끄덕끄덕 고양이」, 「느릿느릿 기찻길」 등

▶ 글감 찾아 간단한 시놉시스 적어보기

소재:

주인공 :

대상 독자 :

주제 :

간단한 줄거리:

글감 찾기 훈련

글감 찾기 훈련은 날마다 꾸준히 이루어져야 한다. 이 훈련은 동화작가로 체화되기 위한 기초 훈련이다. 무엇을 보든, 무엇을 먹든, 무슨 소리를 듣던, 무슨 일을 겪었던 동화와 연결 짓는 습관을 들여야 한다. 처음엔 그 어떤 것도 동화와 연결 지어지지 않는다. 그러나 내가 동화를 쓰기로 작정을 했다면 그 어떤 것이라도 동화와 연관 지어 바라보고 생각해볼 수 있어야 한다.

예를 들어 아침에 청국장을 먹었다면 여러 생각을 해볼 수 있다.

청국장 – 냄새가 심하다. 나는 좋아하는데 내 아이는 냄새도 싫고 맛도 없다 한다.
왜 같은 음식인데 누구는 좋아하고 누구는 싫어할까. 왜 세대 간 다를까.
청국장으로 세대 간 갈등에 대해 써볼까.
그렇다면 주인공은 조손가정의 할머니와 손녀인 아이로 해볼까.
할머니는 청국장을 만들어 시장에 내다 파는 것으로 만들어볼까.
할머니는 생계를 이어주는 청국장에 남다른 애정이 있을 것이다.
아이는 할머니가 뜨는 청국장 냄새가 싫고 학교에 가면 친구들이 놀린다.
할머니는 왜 유난히 청국장을 좋아하는가?
어떤 추억이 있는가?
또는, 청국장의 콩들은 참 끈끈하게 붙어있다. 서로 실로 연결되어 있다.
콩알이 아이들 얼굴로 보인다.

이야기꾼이 되기로 작정했다면 아침에 먹은 청국장도 음식으로 끝나는 게 아닌, 하나의 이야깃거리로 탄생한다.

‘구두’, ‘가방’, ‘행복을 주는 시계’ 등 막연하게나마 떠오른 것들을 적어온 뒤, 간단한 시놉시스를 적는다. 밥이 되든, 죽이 되든 일단은 자신이 메모해 둔 소재들로 간단한 이야기를 구성해보는 것이다. 즉 짤막한 줄거리 정도를 적어 오는 것이다.

글감을 찾아내려는 노력을 하다 보면 우연히 주워온 글감이 멋진 작품으로 탄생하는 경험을 쉽게 한다. 습작생들은 숙제에 떠밀려 우연히 주워온 시답잖은 글감이 놀랍게 변신하는 것을 목격하게 된다.

다음은 기사나 여러 자료, 또는 사회 현상 등에서 소재를 찾을 수도 있다. 작가들은 흔히 '잠수함의 토끼'로 비유된다. 바다 압력이 깊어질수록 토끼들은 신체에서 민감하게 알아차린다고 한다. 즉 잠수함의 토끼처럼 세상일에 민감해야 한다는 뜻이다. 세상의 부당한 일이나, 옳지 않은 일 등 우리 사회가 겪는 문제들을 고민하며 작품에 담아낼 수 있어야 한다.

글쓰기 사례 1 (소재 찾기)

단편 동화 「푸른별 못난이 대회」
공저동화집 「100년 후에도 읽고 싶은 한국명작동화3」 (예림당) 수록

인터넷에서 세상에서 제일 못생긴 생물로 뽑힌 브롭피쉬에 대한 기사를 본 적이 있다. 정말 못생긴 브롭피쉬 사진과 함께 '올해의 못생긴 생물'이라는 제목이 곁들어진 인터넷 기사를 보고 메모를 해두었다가 '푸른 별 못난이 대회'라는 단편 동화를 썼다. 언젠가부터 우리 사회는 각각의 개성보다는 똑같은 잣대로 사람을 평가하기 시작했다. 외모 역시 개성을 중시하기보다는 동일한 미적 관점만을 내세운 성형수술이 사회 현상이 되어가는 것에 대한 반기로 못난이 대회라는 동화를 써보았다. 공저동화집 『100년 후에도 읽고 싶은 한국명작동화』 (예림당)에는 한국의 대표 동화작가들의 단편 선이 실려있는 책이라 동화 습작생들이 읽으면 도움이 되는 책이다.

글쓰기 사례 2 (소재 찾기)

『은빛 웅어 날다』 (키다리)

고양시에 살 때 우연히 도서관에서 '웅어'에 대한 지역 설화를 접하게 된 적이 있다. 그때 임금님께 진상되던 지역 특산품인 '웅어'라는 물고기에 관심이 생기게 되었고, 행주나루터가 그 배경이 되었다. 행주나루터에 그 많던 웅어가 왜 지금은 사라졌을까에 대한 문제의식과 지역 설화에 대한 관심으로 자료를 찾아 모으기 시작했으며 『은빛 웅어 날다』 (키다리)라는 작품을 쓰게 되었다.

작가는 글감 사냥꾼이 되어야 한다. 대화 중에도 뇌리에 스치는 것들은 수시로 메모를 하고, 독서, 영화 감상, 산책, 여행 중에도 글감이 될 만한 것을 찾아내도록 안테나를 높이 세워야 한다.

글쓰기 사례 3 (소재 찾기)

『꽃밭 속 괴물』(상상의집)

지역마다 독특한 환경과 소재들이 존재한다. 우리는 그것을 놓쳐서는 안 된다. 나는 파주시로 이사를 오면서 자연스럽게 '평화'라는 주제를 마음에 품게 되었다. 파주는 북한과의 접경지대로 아주 특별한 도시다. 산과 들과 강도 아름답지만, 전쟁의 상처와 분단의 흔적이 곳곳에 남아있다. 임진각을 비롯해 도라산 전망대, 비무장 지대, 땅굴, 판문점, 평화공원 등이 있고 휴전선 너머에는 북한 땅이 아슴푸레 펼쳐져 있다. 비무장 지대(DMZ)는 사람의 발길이 드물다 보니 야생 동식물의 천국이기도 하다. 하지만 아름다운 야생 꽃밭 아래 '지뢰'라는 무서운 괴물도 숨어있다.

파주 지역신문에 평생 지뢰를 제거하러 다닌 분의 기사가 실렸다. 지뢰 제거 작업은 위험을 무릅쓰며 하는 일이다. 남북 접경지대인 DMZ는 전쟁 당시 치열한 싸움터였으므로 지뢰가 촘촘히 묻혀있다. 또 파주 임진각에는 6.25 당시 폭격을 당한 경의선 장단역 증기 기관차도 있다. 녹슨 열차의 몸에는 무려 1,020개의 총탄 자국이 그대로 남아있고 남북을 오가던 열차는 오랜 시간 멈춘 채 잠들어 있다.

나는 지뢰를 제거하러 다닌 분의 이야기를 동화적으로 풀기 위해 평화를 꿈꾸는 오소리를 등장시켰다. 사람을 등장시키기엔 너무 현실적인 아동소설 같은 느낌이 싫었고 그림책 형식을 빌리고 싶었다. 어떤 동물을 주인공으로 삼을지 동물 캐릭터를 찾다가 오소리가 딱 적임자라는 생각을 했다. 동물을 주인공으로 할 때 동물의 특징을 정확히 알고 어울리는 동물을 찾아야 한다.

오소리는 실제 평화를 꿈꾸는 동물로 무리를 이뤄 생활한다. 오소리끼리는 물론 다른 동물과 있을 때도 다투지 않고 금방 친해진다고 한다. 하지만 투지가 강한 동물이기도 하여 때로는 적 앞에서 괴력을 과시하기도 한다. 또한 후각이 발달해 있고 털이 뻣뻣하며 굴속에서 생활하는데 낮에는 굴 안에서 쉬다가 밤에 활동한다.

위험을 무릅쓰며 소신껏 묵묵히 일을 하는 주인공이니 이름을 벗뚜렁 씨로 했다. 다른 이름은 아예 떠오르지 않았다. 아빠 오소리인 벗뚜렁 씨는 어릴 때 탔던 꽃잎 열차를 잊지 못한다. 하지만 오소리 족의 싸움으로 돼지코족과 코끼리코족 둘로 나뉘고 아이들을 태웠던 꽃잎 열차는 멈춰있다. 더구나 괴물 껍데기(지뢰)의 폭발 사고로 어느 순간 꽃잎 열차는 아이들이 탈 수 없게 된다.

평화를 꿈꾸는 벗뚜렁 씨는 아이들의 미래를 위해 지뢰를 찾아다닌다. 남들은 목숨 바쳐 괴물 껍데기를 찾아다니는 벗뚜렁 씨가 바보 같다고 하지만 벗뚜렁 씨는 무거운 신발을 신은 채 밤에 가족들 몰래 집을 나선다. 삵의 공격과 지뢰의 폭발로 벗뚜렁 씨는 위험에 처하지만, 오히려 코끼리코족 오소리들이 구해준다. 이 작품에는 남과 북으로 갈라진 현실 이야기가 담겨있다.

원래 내가 지은 제목은 '지뢰 꽃밭'이었으나 중간에 편집자가 바뀌면서 제목을 '꽃밭 속 괴물'로 바꾸어 '지뢰'라는 소재가 독자들에게 각인되지 못하고 묻힌 감이 있어 저자로서 아쉬움이 남는다.

동화의 글감 찾기 방법

1. 보이는 모든 것이 동화 소재가 될 수 있으므로 비틀어 바라보기.
2. 영화 감상을 할 때도 그 안에서 글감이 툭 튀어나올 수 있다.
3. 산책이나 여행 중에 본 어떤 것도 글감이 되어야 한다.
4. 이슈 등 사회 현상은 주제의식을 드러내기 좋은 글감이다.
5. 신화, 설화 등 옛이야기는 글감의 보물창고들이다.
6. 역사적 사건을 활용하여 글감을 찾을 수 있다.
7. 대화, 메모, 스크랩이 많을수록 내 글감은 가득하다.
8. 나와 내 가족, 내 주변 사람들의 경험은 필연적인 글감이다.

눈에 보이는 것부터 보이지 않는 가상 세계의 기기묘묘한 것, 모든 것이 소재가 될 수 있다. 작가로서의 소질은 바로 이런 소재를 찾아내는 눈이다. 평범한 것도 작가의 눈으로 볼 때는 이야기가 숨어있음을 알아채야 한다. 소재를 고를 때 '이건 되고 이건 안 된다.'라고 미리 단정 지을 필요가 없다. 작가는 모든 경계를 허무는 사람이다. 평범한 일상도 살짝 비틀거나 낯설게 바라보는 나만의 비범한 눈을 기르는 일은 훈련으로 얼마든지 가능해진다.

글감을 찾아내려는 노력을 하다 보면 우연히 주워온 글감이 멋진 작품으로 탄생하는 경험을 쉽게 한다. 습작생들은 숙제에 떠밀려 우연히 주워온 시답잖은 글감이 놀랍게 변신하는 것을 목격하게 된다.

02

동화의 주제

주제란 작품을 통해 보여주려고 하는 작가의 중심 사상이다. 어떤 작품을 쓰든 작가는 주제를 떠올려야 한다. 주제는 독자나 사회에 관하여 주장하고 싶은 자기 메시지를 전달하는 것이다. 그러나 표면에 드러나서는 안 되고 이야기 속에 암시적으로 잘 용해되어 있어야 한다.

▶ 주제의 예시

우정   희망
         기계 문명 비판
                        선악에 대한 비판
자연 보전
         포용 정신
생명의 소중함   사랑   노인 문제
         자아 찾기
                   희생 정신
         정체성 추구

글쓰기 사례 1 (주제를 먼저 떠올린 경우)

『바느질하는 아이』 (파랑새어린이)

우리는 글을 쓸 때 소재를 먼저 떠올리기도 하고 주제를 먼저 떠올리기도 한다. 소재를 먼저 찾았다면 소재에 적합한 어떤 주제를 넣을지 진지한 고민이 이루어져야 한다.

주제를 먼저 떠올렸다면 어떠한 그릇에 담을까를 생각해 글을 구성해야 한다.

'바느질하는 아이' 작품은 주제를 먼저 떠올렸던 대표적 작품이다. 나는 평소 '정체성'에 대한 글을 써야겠다고 마음먹었다.

오래전 남편의 지인을 만난 적이 있었는데, 웨딩드레스 디자이너가 꿈인 B 씨였다. 그는 곱상한 외모와 여성스러운 목소리 그리고 선이 고운 몸매 그리고 개성 강한 옷차림이 눈에 띄었고, 무척 섬세한 사람으로 느껴졌다.

우연히 B 씨의 사연을 듣게 되었는데 어릴 때부터 혼자서 인형 옷 만드는 것을 좋아했다고 한다. 그런데 그의 부친은 여자 같은 아들이 못마땅해, 아들로 여기지도 않았으며 더구나 남자가 바느질하는 것도 못마땅히 여겼다고 한다. 하지만 B 씨는 웨딩드레스 디자이너가 되기 위해 충무로의 웨딩드레스 샵에서 허드렛일을 마다하지 않고 부단히 자신의 꿈을 위해 노력하고 있었다. 그의 초대로 웨딩드레스 패션쇼에도 가보았는데, 무대에 설 모델의 웨딩드레스 자락을 들고 분주하게 움직였던 모습이 떠오른다.

나는 B 씨 캐릭터를 살려 동화를 쓰면 좋겠다는 생각을 했고 그의 꿈을 응원하고 싶었다. 사춘기에는 자아정체성에 대해 고민하는 아이들이 제법 있을 것이다. 그 주제로 『바느질하는 아이』 (파랑새어린이)라는 작품으로 출간되었다.

요즘은 예전과 비교하면 성적 정체성이나 자아정체성에 대해 매우 적극적인 사회가 되었다. 예전처럼 편견에 사로잡혀 성을 구분 짓는 일도 줄어들었다. 여자는 이래야 하고 남자는 이래야 한다는 고정관념에서 벗어나 자유롭게 상대를 인정하는 세상이 된 것이다.

이처럼 동화에서 다루지 못할 주제는 없다. 동화는 이상주의 문학이다. 아직은 인격이 완성되지 않은 어린이를 주 독자로 하기에 동화의 주제는 인간이 지향해야 하는 이상성에 맞아야 할 것이다.

글쓰기 사례 2 (주제를 먼저 떠올린 경우)

『불량 아빠 만세』(시공주니어)

'불량'이라는 낱말에 꽂힌 적이 있었다. 그 무렵 지인에게서 '나는 불량 아빠다'라는 고백을 들은 적도 있었다. 어느 날 학교 학부모 총회에 참석했는데 대부분 참석자가 엄마들이었는데 아빠가 한 분 참석했다. 그 아빠는 자녀 문제에 대해 무척 진지하고 관심이 많아 보였다.

그때 '불량 아빠'에 대한 글을 써야겠다고 생각했다. 싱글대디 문제나 한부모 가정 문제도 사회적으로 막 떠오르던 때였다. 우리가 '불량'이라고 규정짓는 것들에 대해 반기를 들고 싶었다.

그러려면 먼저 캐릭터를 잘 만들어야 한다. 혼자서 자녀를 키우는 '싱글대디'이지만 어둡고 칙칙하게 그려내고 싶지는 않았다. 오히려 밝고 천진한 아빠로 만들고 싶었다.

아빠는 밝고 천진한 대신 아들은 의젓한 아이로 만들었다. 아빠는 회사에서 잘리고 허풍만 떨고 심지어 달리기도 꼴등 하는 아빠, 아이는 반대로 의젓하게 자라 반에서 모범생으로 불리는 반장 아들. 대비되는 두 캐릭터를 만듦으로써 이야기의 절반은 완성된 셈이다. 둘 간에 벌어질 수 있는 사건을 만들고 '불량'이라는 불편한 사회적 시선을 거두어들이도록 하는 주제의식을 넣고 싶었다.

글쓰기 사례 3 (주제를 먼저 떠올린 경우)

『세 장의 욕망 카드』, 『나는 네가 밉다』 (아이앤북)

어느 날 출판사 편집장으로부터 고학년 동화 청탁을 받았는데 '욕망'과 '죽음', 둘 중의 하나를 골라서 써달라고 했다. 나는 죽음을 소재로 쓴 작품 『오늘밤 10시 허니제이』가 있었으므로 욕망에 대해 써보고 싶었다.

먼저 작품의 소재이며 주제인 '욕망'에 대해 오랫동안 생각해야 했다. '도대체 욕망이 뭐지?', '욕망과 소망의 차이는 뭐지?' 욕망의 사전적 의미는 '부족을 느껴 무엇을 가지거나 누리고자 탐함.'이라고 쓰여 있었다. 인간이면 누구나 가지는 마음 아닌가? 하지만 '탐하다'는 뉘앙스가 조금 부정적이다. 나는 욕망이라는 단어를 앞에 놓고 마인드맵처럼 여러 가지를 떠올려 보았다.

사람의 감정이나 마음에 관한 책들도 뒤적여 보면서 욕망은 굉장히 깊은 주제라고 생각했다. 우리는 때때로 깊은 주제를 너무 피상적으로 접근하여 독자들에게 아무런 감동을 주지 못한다. 깊은 곳에서 묵직하게 끌어올려질 때까지 우리는 계속 생각해야만 한다. 흔히 글을 잘 쓰는 방법으로 '3多', 즉 많이 읽고, 많이 쓰고, 많이 생각하라고들 한다.

이번에는 대상을 구체화하기로 했다. 사춘기 여자아이들의 욕망은 무엇이 있을까. 요즘 사회적 문제는 빈부 격차일 것이다. 현실적으로 좁혀가면서 아이들이 가질만한 세 가지 욕망을 추려보았다. 갖고 싶은 물건들, 친구를 향한 사랑과 우정, 성적에 대한 욕심 등을 떠올렸다.

하지만 내가 설정해 놓은 것들이 지나치게 현실적이라 동화의 맛이 없었다. 그래서 집어넣은 것이 세 장의 카드다. 주인공은 담쟁이넝쿨 같은 정교한 그림을 그려 넣은 세 장의 카드를 만드는데, 억제할 수 없을 만큼 욕망으로 꿈틀댈 때 카드를 손에 쥐고 주문을 외우듯 스스로 최면을 건다. 그리고 합리화시키며 과감히 물건을 훔치거나 타인을 속인다.

욕망은 분명 삶의 원동력이기도 하지만, 지나치면 부정한 생각을 품게 하거나 거짓으로 자신을 꾸미고 남을 속이면서 그릇된 결과만을 향해 치달릴 수 있음을 보여주고자 했다.

이후 출판사에서는 내가 패스해 버린 '죽음'으로 또 청탁을 해왔다. '죽음'만으로 쓰기엔 너무 한정적이라 나는 '미움'이라는 키워드도 함께 넣었다. 즉, '남을 죽도록 미워하는 것이야말로 또 다른 이름의 죽음'이라 여기며 『나는 네가 밉다』라는 작품을 완성했다.

『세 장의 욕망 카드』는 졸업을 앞둔 6학년 여자아이가 주인공이고, 『나는 네가 밉다』는 졸업을 앞둔 6학년 남자아이가 주인공이다. 나는 두 작품을 배 아파 가며 내가 낳은, 한 배에서 나온 남매쯤으로 여긴다.

피해야 할 주제

동화는 어린이를 대상으로 하는 문학이므로 너무 특수하거나 고차원적이어서 어린이가 이해하기 어려운 주제는 피하는 것이 좋다. 이를테면 살생, 폭력, 미움 조장, 파괴, 계급 의식 등을 조장하거나 미화하는 사상은 동화의 주제가 되기 어렵다.

동화에서는 선의지를 부각하기 위해 악의 의지를 대비시켜 표현하는 경우, 이때의 중심은 선의지 쪽에 있어야 하고, 부정적 의지는 긍정적 의지를 조명하는 보완장치로써 사용되어야 한다.

▶ 동화는 요리

재료(소재) + 조미료(예술적 기법) + 영양가(주제의식)

동화의 소재와 관련하여 유념해야 할 것은 소재에 따른 정보들이 그대로 작품의 세계가 될 수는 없다는 사실이다. 소재는 그 동화를 만들어내는 하나의 재료일 뿐, 완성된 요리(작품)는 아님을 명심하여 소재주의에 빠지지 않도록 해야한다. 하나의 소재(재료)가 좋은 작품(요리)이 될 수 있도록 받쳐주는 것은 예술적인 기법(조미료)과 작품 속에 담겨있는 작가의 사상 및 주제의식(영양가)이 바탕이 되어야 할 것이다. 그러므로 매력적인 소재가 발견되었을 경우 그것을 작품화하려고 서두르기보다는 자기 머릿속의 필터를 통해 충분히 발효되고 숙성되어 농익는 맛이 우러날 수 있도록 사색에 잠기는 노력이 필요하다.
　　　　　　　　　　　　　　　 – 강정규『아동문학창작론』(학연사) 참고

주제란 작품을 통해 보여주려고 하는 작가의 중심 사상이다. 어떤 작품을 쓰든 작가는 주제를 떠올리게 된다. 주제는 독자나 사회에 관하여 주장하고 싶은 자기 메시지를 전달하는 것이다. 그러나 표면에 드러나서는 안 되고 이야기 속에 암시적으로 잘 용해되어 있어야 한다.

동화에서는 선의지를 부각하기 위해 악의 의지를 대비시켜 표현하는 경우, 이때의 중심은 선의지 쪽에 있어야 하고, 부정적 의지는 긍정적 의지를 조명하는 보완장치로써 사용되어야 한다.

03

구성 (plot)

구성과 플롯은 한데 어우러져 쓰이는 말이지만 플롯에 대한 이해를 돕기 위해 세부적으로 나누어 설명하겠다.

구성이란,

소재와 주제가 결정되었으면 이야기를 구성해야 한다. 구성은 인물(성격), 사건(행위), 배경(환경) 등의 3대 요소를 한데 아우른 것을 말한다. 등장인물은 어떻게 정할 것이며 그들이 벌이는 사건은 어떻게 할 것인가, 배경은 어떻게 설정한 것인가, 갈등 요소는 무엇을 넣을 것인가, 해결 방안은 어떻게 처리할 것인가 등을 생각하며 이야기를 엮어야 한다.

● **이야기 구성의 3대 요소**

- 글의 소재와 주제가 정해지면 아래 요소들로 이야기가 구성되어야 함.

1. 인물 (성격)
2. 사건 (행위)   '구성' 이란, 셋을 아우른 것을 말한다.
3. 배경 (환경)

플롯이란,

소재를 조립하여 이야기를 엮는 방법에는 두 가지가 있다. 하나는 사건을 시간 순서대로 배열하여 엮는 방법이고, 다른 하나는 역순행적 방법, 즉 현재로 시작해서 과거로 갔다가 다시 현재로 돌아와 이야기를 마무리 짓는 방법이다. (평면구성-입체구성)

● 플롯(plot)

– 작가의 의도대로 사건을 짜임새 있게 재구성하는 것을 말함.

플롯은 왜 필요한가.

'작가가 전하고자 하는 주제를 효과적으로 표현하기 위해 필요하다.'

방법 ──▶ * 시간순으로 엮는 방법 (연역적 방법) A – B – C

　　　　└─▶ * 역순행적 방법 : 현재 – 과거 – 현재순으로 엮는 방법 등.
　　　　　　(귀납적 방법) A – B – A'

입체구성이든 평면구성이든 이야기를 엮어갈 때 제일 중요한 것은 사건을 인과 관계에 따라 유기적, 논리적으로 전개해 나가야 한다는 것이다.

플롯이란 한 마디로 줄거리를 필연적인 원인, 결과 관계에 따라 전개되도록 짜는 치밀한 작업이다. 엄선된 소재들이 서로 떼려야 뗄 수 없는 유기적인 관계를 유지하면서 줄거리가 처음부터 끝까지 필연적인 관계로 전개되어 나가도록 하는 것이 플롯의 역할이다.

● 이야기 구성의 핵심 요소

· **플롯**은 인과관계이다.

· **인과관계**의 핵심은 사건과 인물이다.

· **사건**이 일어나게 되면 인물과 인물의 **갈등**은 깊어져 간다.

· 여기에는 **설득력**이 있어야 하고, **흥미**가 있어야 한다.

구성의 필요조건 → 논리성

자연스럽고 설득력이 있어야 한다.

↕

반대개념 : 억지스럽다, 작위적이다.

동화는 이야기 문학이다. 인물, 사건, 배경 등을 만들어 줄거리를 만들었다면 더 짜임새 있고 효과적으로 동화를 풀어나가기 위해 플롯을 꼼꼼히 세워나가야 한다. 사건마다 개연성을 만들어서 독자들이 한 치의 의심도 없이 이야기를 받아들이게 해야 한다.

● 얼개 짜기

– 인물, 사건, 배경을 생각하며 이야기의 뼈대를 만들어 보기.

· **등장인물**은 어떻게 정할 것인가.

· **사건**은 어떻게 할 것인가.

· 인물들이 처한 **배경**이나, **사건 배경** 등은 어떻게 할 것인가.

· **갈등요소**는 무엇을 넣을 것인가.

· **해결방안**은 어떻게 처리할 것인가.

수잔 패트런, 『행운을 부르는 아이, 럭키』 (와이즈아이) / 2007년 뉴베리상

인물 : 럭키, 비글이라는 개, 링컨이라는 남자아이, 마일즈, 브리지트 아줌마

주인공 럭키 (엄마 유골 상자에 애착을 가진 아이, 버려질까 두려워하는 내면의 고독을 가진 아이)

사건 : 법적 보호자로부터 버려질까 두려워하는 아이가 마음속에 숨은 강력한 힘을 찾아 모래폭풍 속으로 생존 여행을 떠남.

배경 : 캘리포니아 사막의 조그만 마을 하드팬이 공간 배경

〈작품 구성〉

발단 : 박물관 담의 구멍을 통해 삶의 밑바닥에서 다시 일어선 사람들의 이야기를 엿듣는 것으로부터 시작

전개 : 아주머니의 서류를 보게 됨. → 오해의 원인 (사건의 시작)

위기 : 생존 배낭을 메고 모래폭풍 속으로 생존 여행을 떠남. (가출)

절정 : 마을 사람들이 찾아 나섬.

결말 : 아주머니와 오해를 풀게 됨. 가족으로 서로를 안음. 엄마 유골을 떠나보내는 행위로 인해 주인공의 내적 성장을 지켜보게 함. 애착과 애도, 상실감, 치유의 주제

글쓰기 사례 2 (구성)

엘윈 브룩스 화이트, 『샬롯의 거미줄』(시공주니어)

〈갈등 유발 요인〉

인물 : 윌버 (무녀리 돼지), 거미 샬롯, 펀 (농장주 딸)

(캐릭터 설정 : 태어나자마자 죽을 뻔했던 새끼 돼지와 그를 살리려는 거미)

이 작품의 주인공을 왜 무녀리 돼지로 했을까?

〈사건, 위기〉

모든 사건마다 갈등의 요소를 안고 있음.

– 태어날 때부터 죽을 목숨이었던 윌버

– 크리스마스 날 햄으로 만들어질 또 한 번의 위험을 안은 윌버

– 윌버를 지켜주고자 하는 친구 샬롯

플롯이란 한 마디로 줄거리를 필연적인 원인, 결과 관계에 따라 전개되도록 짜는 치밀한 작업이다. 엄선된 소재들이 서로 떼려야 뗄 수 없는 유기적인 관계를 유지하면서 줄거리가 처음부터 끝까지 필연적인 관계로 전개되어 나가도록 하는 것이 플롯의 역할이다.

04

자료 수집의 중요성
; 이야기를 풍성하게 만드는 요건

동화를 쓰기 전에 반드시 필요한 것은 평소의 메모와 스크랩 외에도 자료 찾기이다. 동화를 쓰기로 마음먹었다 하더라도 무작정 덤빈다고 글이 나오는 것은 아니다. 무엇보다 사전 준비가 필요하다.

우리가 요리를 만들 때를 생각해보면 재료가 많을수록 맛있는 요리를 만들 수 있다. 하지만 재료가 많다고 해서 모든 재료를 다 넣어서 한다면 잡탕 요리 밖에 안 될 것이다. 온갖 재료가 다 있다 하더라도 내가 만들 요리에 필요한 것들을 적절히 활용하여 재료의 맛을 살리고 영양을 살리는 것이 중요하다.

글쓰기도 마찬가지다. 평소 자료를 찾아 모으고, 메모와 스크랩 등 글감으로 활용할 수 있는 재료를 많이 갖춰 둘수록 나중에 골라 쓰기에 좋다. 아무것도 준비된 게 없다면 그만큼 머리를 쥐어짜야만 한다. 내 머릿속 공간을 생각해보라. 얼마나 좁은 소견인가. 그렇다면 경험이 많은가. 절대 그렇지 못하다. 그 소견과 내가 겪은 알량한 경험으로는 절대 좋은 작품이 나올 수 없다. 자료를 찾다보면 처음 생각했던 이야기보다 훨씬 풍성해지고 더 흥미로운 이야깃거리로 발전하게 된다.

우리는 요리를 만들 때 먼저 어떤 요리를 할 것인지 정한 뒤에 필요한 재료를 사는 때도 있고, 냉장고에 있는 재료들을 뒤적여 이것들을 활용한 요리를 만드는 때도 있다.

마찬가지로 글을 쓸 때 먼저 '무엇을 쓸까'에 대해 생각한 뒤 그에 따른 소재 및 자료를 찾고 이야기를 만드는 경우도 있지만, 무작위로 공책에 끄적여 놓거나 기사를 스크랩해둔 것들을 활용하여 동화가 될 만한 것들을 골라 얼개를 짜고 이야기를 짓는 때도 있다.

글쓰기 사례 1 (자료 수집의 중요성)

『거울공주』 (파랑새어린이)

언젠가 출판사에서 '거울'에 대한 동화를 써달라는 청탁을 받았다. 요즘 아이들은 누구나 거울 보기를 즐겨한다. 그만큼 외모를 중요하게 여긴다는 뜻이다. 늘 거울을 보는 요즘 아이들의 이야기를 어떻게 써야 할까.

우선 거울에 대해 이것저것 생각해보기로 했다.

– 거울은 무엇인가.
– 최초의 거울은 무엇인가. 물웅덩이가 아니었을까?
– 거울과 관련된 신화나 옛이야기는 무엇이 있을까?
– 거울을 소재로 만든 노래, 속담 등을 떠올려볼까?
– 거울을 통해 어떤 주제를 말할 것인가.

거울에 대한 여러 생각을 끄집어냄.

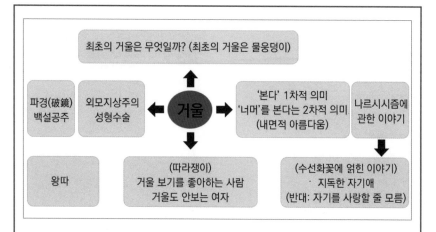

〈수집된 자료들〉

– 거울에 관한 신화

그리스 수선화꽃에 대한 신화

그리스의 영웅 페르세우스에 관한 이야기

(페르세우스는 무시무시한 메두사 머리를 베어와야만 했다. 실뱀으로 뒤엉킨 메두사는 그 모습이 너무 무서워 눈이 마주치기만 하면 곧바로 돌로 변했다고 한다. 페르세우스는 이 무서운 메두사를 처치하기 위해 거울 방패를 이용하여 눈이 마주치지 않았고 그리하여 결국 메두사의 머리를 쳐냈다는 이야기이다.)

– 백설 공주 이야기

'거울아 거울아, 이 세상에서 누가 제일 이쁘니?'

– 내 경험과 관련된 사건

밤 12시에 거울을 들고 화장실 가면 미래의 남편 얼굴이 보인다는 어릴 적 들었던 이야기

- 파경

'破鏡'의 어원에 있는 거울, 거울이 처음 생겼을 때 부부가 싸워 파경을 맞은 옛이야기

- 사회 현상

성형수술, 걸그룹, 소녀시대, 왕따 현상, 개성이 사라지고 유행만 따르는 똑같은 차림새

※ 어떤 소재를 취했을 경우, 소재에 따른 의미를 발굴해내야 한다.

연상되는 사건, 이미지, 사전적 의미, 어원, 사회 현상, 속담, 신화. 개인 경험 등 다양한 의미를 파악했으며, 이런 것들로 이야기가 구성되고 외모지상주의로 인해 내면적 아름다움을 보지 못한다는 주제의식을 드러냈다.

『거울 공주』(파랑새어린이) 작품은 외모지상주의에 빗댄 이야기로, 예쁜 친구만 좋아하는 주인공 김수선화가 친구 미미와의 갈등을 통해 예쁜 얼굴만이 아닌, 친구의 내면을 바라볼 줄 아는 아이로 성장하는 이야기다.

『우리 반 오징어 만두 김말이』 (좋은책어린이)

'별명'에 관한 동화를 써달라는 출판사의 청탁을 받은 적이 있다. 그때 별명에 대한 동화를 쓰기 위해 다음과 같은 것들을 찾아보고 취재하였다.

– 아이들은 어떤 별명을 갖고 있는가.
– 요즘 아이들은 어떤 식으로 별명 짓기를 좋아하는가.
– 별명을 붙일만한 재미있는 이름은 어떤 것들이 있는가.
– 별명에 대해 아이들은 어떤 생각을 하는가.
– 별명이 주는 긍정적인 점과 부정적인 점은 무엇인가.
– 별명을 통해 어떤 주제의식을 말할 것인가.

저학년생들은 학교에서 이상한 별명으로 불리는 것을 아주 싫어한다. 요즘 아이들은 이름에서 연상되는 것을 별명으로 곧잘 지어 부른다. 동화의 소재는 '별명'이므로 아이들의 학교 생활담을 썼다.

그렇다면 '별명'이라는 소재에 어떤 주제를 담을 것인가를 생각해야 한다.

나는 동화 속에 '세더별'과 '세기별'이라는 말을 지어냈다. 세더별은 '세상에서 제일 더러운 별명 짓기'를 말하는 것이고, '세기별'은 '세상에서 제일 기분 좋은 별명 짓기'라는 뜻이다. 세더별, 세기별은 주제를 드러내기에 더없이 좋다.

나는 이 작품을 통해 기분 나쁜 별명을 짓기보다는 친구의 좋은 점을 찾아내 기분 좋은 별명을 지으면 좋겠다는 주제를 넣었다.

『공양왕의 마지막 동무들』 (청어람출판사)

고양시 설화를 모티브로 쓴 동화 『은빛 웅어 날다』 이후 고양시의 여러 자료에 관심을 두게 되었고, 지역 문화재에도 관심이 커졌다. 그러다 어느 날 고양시에 있는 공양왕릉을 가보게 되었다. 그 부근을 차로 다녔을 때 '왕릉골'이라는 지명에 많은 관심이 있었는데 공양왕릉 때문에 생긴 이름이었다.

무너진 고려의 마지막 왕의 무덤은 초라하기 그지없었다. 그런데 왕의 능에 일반적으로 세워져 있는 문인석, 무인석 외에 무덤 앞에 작은 동물 석상이 놓인 것을 보게 되었다. 자료를 찾아보니 삽살개였다. 또한, 왕릉 밑으로 내려가니 예전에 연못이 있던 자리라는 표시와 함께 '공양왕과 삽살개'에 대한 설화 안내판이 세워져 있었다.

패망 이후 쫓겨 다니던 공양왕은 왕비와 연못에 빠져 죽었는데 왕비가 귀여워하던 삽살개가 연못에 들어가 왕과 왕비의 시신을 찾아냈다는 전설이었다.

그 안내 글을 읽는 순간, 제법 동화로 구성할 만한 요소가 많다고 느꼈다. 그후 오랫동안 자료를 찾아 모아야 했다. 우선은 공양왕에 대해 잘 알아야 하고 고려시대의 역사에 대해서도 잘 알아야 한다.

나는 도서관에 가면 고려시대 관련 서가 쪽으로 가서 책을 찾아 읽어야 했다. 모든 배경 지식이 내 안에 충분히 있어야만 글을 자연스럽게 쓸 수가 있다.

고려시대의 불교, 고려시대 사람들의 생활상, 고려시대의 경제, 공양왕에 대한 자료, 이성계에 대한 자료. 또 이성계 일당을 피해 도망 다녔던 경로에 대해 추측을 하기 위해 지도를 살펴봐야 했다. 옛날에는 다 걸어 다녔으니까. 또한, 삼척에도 있다는 공양왕의 또 다른 무덤에 대해서도 자료 조사가 필요했다.

역사 동화는 특히 자료가 많이 필요하다. 자료에 대한 충분한 이해 없이는 설익은 글밖에 나올 수 없다.

작품에 쓰인 것은 지극히 소박한 이야기뿐일지라도 이처럼 작가들은 하나의 작품을 쓰기 위해 여러 자료를 찾아 읽는다. 자료 찾기는 작가들에게 가장 기본이 되는 작업이다. 이 작품은 오랫동안 머릿속에서 굴린 뒤 몇 년이 걸려서야 『공양왕의 마지막 동무들』이라는 역사 동화책으로 나왔다.

글쓰기 사례 4 (자료 수집의 중요성)

『가짜 뉴스를 시작하겠습니다』 (내일을여는책)

사회적 현상은 작가에게 좋은 글감이 된다. 우리 사회는 1인 미디어의 발달로 인해 언젠가부터 무책임한 '가짜 뉴스'가 엄청나게 양산되기 시작했다.

이러한 사회적 문제로 출판사에서 '가짜 뉴스'에 대한 글을 써달라고 했다. 우선 가짜 뉴스의 문제점이 무엇인지 살펴봐야 한다. 한 개인이 퍼뜨린 가짜 뉴스가 어떻게 퍼져나가고 어떻게 문제가 발생하는지 보여줘야 한다.

이 작품에 대한 시놉시스를 구상할 때 제일 어려웠던 점은 어린이들 눈높이에 맞춘 뉴스를 찾는 일이었다. 어른들 사이에서는 정치적인 뉴스 등 검증되지 않은 가짜 뉴스가 엄청나게 범람하고 있었다. 하지만 아이들의 시선에 맞는 뉴스는 무엇으로 해야 할까.

미디어를 통한 가짜 뉴스에 관한 이야기이므로 개인의 거짓말로 그쳐서도 안 되고, 그저 하나의 해프닝으로 끝나서도 안 된다. 한 개인이 전한 가짜 뉴스는 개인, 집단, 사회로까지 그 피해가 확산된다는 사실을 아이들에게 보여줘야만 했다.

지극히 개인적인 감정으로 시작된 뉴스가 개인과 집단 간의 갈등을 부추기고 삶에 부정적 역할을 하는 포인트를 잡아야만 했다.

주인공 주디는 친구를 향한 질투심에서 단순히 초코빵에 대한 거짓 뉴스를 만들어 내보낸다. 하지만 그 가짜 뉴스로 인해 친구 간에 갈등이 생기고, 반 친구들이 둘로 나뉘며, 동네의 진미빵집뿐만 아니라 빵집 아르바이트생과 우리 밀 농사를 짓는 농부 그리고 그 지역의 다른 빵집들까지 다 함께 피해를 보는 사건으로 만들었다.

작품에서의 주제의식은 매우 중요하다. 이 작품을 통해 아이들에게 무엇을 말할 것인가를 늘 생각해야 한다. 나는 개인의 미디어에서 시작된 작은 가짜 뉴스가 얼마나 사회적으로 악영향을 주는지 아이들에게 보여주고 싶었다.

자료를 찾아 모으고, 메모와 스크랩 등 글감으로 활용할 수 있는 재료를 많이 갖춰 둘수록 나중에 골라 쓰기에 좋다. 아무것도 준비된 게 없다면 그만큼 머리를 쥐어짜야만 한다. 내 머릿속 공간을 생각해보라. 얼마나 좁은 소견인가. 그렇다면 경험이 많은가. 절대 그렇지 못하다. 그 소견과 내가 겪은 알량한 경험으로는 절대 좋은 작품이 나올 수 없다.

　자료를 찾다 보면 처음 생각했던 이야기보다 훨씬 풍성해지고 더 흥미로운 이야깃거리로 발전하게 된다.

05

우연한 메모로 탄생한 동화

다음은 평소 자신의 창작 노트에 메모해 둔 것들이 우연히 하나의 작품이 되는 경우이다. 나는 예전에 여행책을 읽다가 어느 여행가가 울진의 금강송 숲을 소개한 글을 본 적이 있다.

① 경북 울진 서구 소광리의 금강송 숲은 쭉쭉 뻗은 소나무 군락지가 있는 곳으로 때 묻지 않은 천연의 자연환경을 접할 수 있는 곳이라는 글이었다. 글쓴이는 그곳을 소개하는 것조차 조심스러우며 자신의 글로 인해 사람들이 그곳을 찾게 되어 청정지역이 혹시나 훼손될까 걱정된다는 글을 썼다.

나는 그때 소나무에 관심이 많았던지라 창작 노트에 '울진 서구 소광리 소나무 숲'이라고 써두었고 울진 금강송에 대해 자료를 찾아보았다. 그러던 중 '황장금표'라는 조선시대 표석이 그곳에 있다는 사실을 알게 되어 '황장금표'라는 메모도 남겨두었다. 그때는 단지 메모만 해두었을 뿐 그것으로 어떤 이야기를 쓸 것인가를 생각하지는 않았다.

어느 날 단편 청탁을 받게 됐는데 무엇을 쓸까 글감을 찾던 중 창작 노트에 적어둔 금강송 소나무가 눈에 띄었다. 금강송은 조선시대부터 귀하게 여겨온 나무로 임금님 계시는 궁궐이나 군사용 배를 만들 때 주로 사용했다. 조선시대에 소나무를 관리하기 위해 숲에 들어가지 못하도록 황장금표라는 표석도 두었다는 내용을 활용해 '어명이요'라는 단편 동화를 썼다. (『그 별의 비밀번호』책에 수록)

그리고 이 단편 동화는 『아이들은 왜 숲으로 갔을까』라는 나의 첫 장편 동화로 재탄생 된다.

- 경북 울진에는 금강송 군락지가 따로 있다.
- 예부터 금강송은 나라에서 관리하여 궁궐이나 군사용 배를 만들었다.
- 재질이 단단하여 천년송이라 부르기도 한다.
- 현재도 나라에서 관리되고 있어 소나무마다 번호가 매겨있다.
- '황장금표'를 통해 조선시대부터 소나무를 관리해왔음을 엿볼 수 있다.
- 요즘은 지구 온난화로 인해 침엽수림인 소나무가 살아가기 힘들며 소나무 재선충 등의 환경 생태 질병으로 인해 소나무가 멸종될 수도 있다.

② 어느 날 니체에 관한 책을 읽다가 눈에 들어오는 구절이 있었다.

'지금 이 인생을 다시 한번 완전히 똑같이 살아도 좋다는 마음으로 살아라.'

철학자들의 한 줄 명언은 우리 인생에 지침표가 되기도 한다. 특히 철학자 니체는 삶의 지표로 삼을 만한 명언을 많이 던져주는 사상가이다. 책을 읽다 보면 밑줄 그을 부분들이 너무 많다 보니 그대로 메모를 해두었다.

메모해 둘 당시에는 구체적으로 어떤 이야기가 떠오른 건 아니었다. 단지 의미가 좋았고, 또 뭔가 동화거리가 될 수 있다고 생각했기에 일단은 적어둔 것이다.

얼마 전 잡지에 단편 원고 청탁을 받게 되어 창작 노트를 뒤적이던 중 이 메모를 발견하고 단편 동화로 썼다. 「똑같이 살기 법칙」이라는 동화다.

주인공 아이는 하루를 대충 아무렇게나 산다. 얌전한 친구 지나갈 때 발 걸어서 넘어지게 하고, 맘에 드는 부엉이 장식품을 얻기 위해 주머니에 있던 돈 몇 푼 내고 도망치듯 물건을 가지고 튄다. 물건 팔던 할아버지는 도망치는 주인공에게 의미심장한 한마디로 호통을 친다. 도둑질하듯 가져온 부엉이로 인해 주인공은 저주받듯 '똑같이 살기 법칙'에 걸려들고 만다.

이 작품은 지금 저학년 장편으로 준비 중이다. 이처럼 우연히 메모해 둔 하나의 낱말이나 글귀가 작품의 소재가 되고 한 권의 책으로 나오게 되는 것이다.

인간의 뇌는 어느 한순간에 영감을 생성해낸다. 짧은 순간 뭔가 신호를 보내면서 뇌리를 스친다. 그런데 이렇게 스치듯 떠오른 영감을 적어두지 않으면 곧 잊어버리고 만다. 우리의 뇌는 영감을 떠올리기도 하지만 쉽게 잊기도 한다. 낱말 하나라도, 혹은 스쳐 지나가는 제목이라도 적어두면 그것들은 결국 작품으로 다 활용된다.

창작 글감 노트가 여러 권 있다면 그 작가는 부자나 다름없다. 나만의 보물 창고에 차곡차곡 보물들을 모아둔 것이나 다름없다. 떠오른 영감과 함께 소재에 따른 자료 수집을 충분히 해놓다 보면 써야 할 이야기가 풍성하게 늘어난다. 물론, 풍성해진 자료들을 다 넣을 필요는 없다. 자료 수집으로 쓸거리를 풍부히 해놓은 뒤 꼭 필요한 것들만 취사 선택할 필요가 있다. 문학적 형상화가 중요하지 백과사전식 나열이 필요한 것은 아니다. 프로 작가는 이 작업을 잘해내야 한다. 수집한 자료가 아까워 마구잡이로 넣다 보면 소재를 주제로 잘 형상화하지 못한 채 소재로만 그칠 수도 있다.

글쓰기 사례 (우연한 메모, 그 하찮은 시작)

『복뚱냥이 무인 아이스크림 가게』 (이오앤북스)

'사람은 없고 자동기계와 감시카메라만 있다.'

점점 늘어나는 무인가게를 보면서 뭔가 얘깃거리가 있을 듯싶어 창작 공책에 한 줄 써놓았다. 편의점도 늘 재미있는 장소라고 생각했다. 이런 편의점과 무인가게를 보면 우리 어릴 적의 구멍가게들이 떠오른다. 엄마들의 수다방이 되기도 하고 콩나물 한 줌 더 얹어주던 인정 넘쳤던 구멍가게들. 그러다 보니 과거 & 현재, 사람 & 기계, 주인 & 무인, 자동 계산 & 바보 저울(덤으로 얹어주던 손저울) 등이 떠올랐다.

『복뚱냥이 무인 아이스크림 가게』 작품은 원래는 편의점과 옛 구멍가게를 대비시켜 기계화 되어가는 요즘의 이야기를 쓴 것으로 첫 제목은 '바보네 가게'였다.
'바보네 가게'라는 메모도 내가 이십 년 전쯤 '아! 어머니'라는 기획전을 다녀온 후 끄적거려 놓은 메모다. 처음에는 그림책으로 내고 싶었지만, 출판사에서 퇴짜를 맞았다. 그래서 그림책으로의 매력이 없나 싶어 '양심'이라는 주제를 넣은 저학년 읽기 물로 다시 보완하며 '무인 아이스크림 가게'로 제목도 바꾸었다. 저학년 원고를 달라는 출판사에 슬쩍 내밀어 봤는데 또 퇴짜를 맞았다.

'영 써먹을 수 없는 작품인가보다.' 혼자 실망을 하면서 그 무렵 동생과 일본 여행을 갔다. 동생의 남편은 독특한 취미가 있어 아이들처럼 조잡한 장난감이나 기념품을 좋아한다. 동생은 제부가 손 흔드는 고양이를 사 오라고 했다며 아사쿠사 상점가를 돌아다녔고, 나도 덩달아 각양각색의 고양이들을 눈여겨보게 되었다.

일본 여행을 다녀온 후, 다시 원고를 고치는데 자꾸 손 흔드는 고양이가 아른거렸다. 그래서 작품 속에 스치듯 잠깐 등장하는 고양이를 아예 '복뚱냥이'라는 이름을 붙인 뒤, 나만의 고양이로 만들어 주인공으로 확 바꿔버렸다. 복뚱냥이는 아이들의 '또 다른 자아'를 나타내주는 고양이다. 아이들을 몰래 따라다니며, 상황에 부닥친 주인공 앞에 나타나 앞발을 머리에 올리고 메롱 메롱 약 올리며 힌트를 주는 고양이다.

무심코 적어놓은 메모 한 줄은 처음엔 별 볼 일 없는 존재였다가도 얼마든 새롭게 변신을 꾀하며 새 작품으로 탄생할 수 있다. 작가들은 새 작품을 계속 써나가는 것도 중요하지만 죽을 위기에 처해있는 작품에 호흡을 불어넣어 살려내는 일도 부지런히 해야 한다.

'복뚱냥이'는 시리즈로 계속 출간할 계획을 하고 있다. 1권이 '복뚱냥이 무인 아이스크림 가게'이고 2권은 '복뚱냥이 머리빗 가게'이다. '복뚱냥이'와 '○○○ 가게'가 만나 계속 이야기를 만들어 갈 예정이며, 책의 마지막 장면에는 다음 권에 펼쳐질 이야기를 상상하게 만든다.

인간의 뇌는 어느 한순간에 영감을 생성해낸다. 짧은 순간 뭔가 신호를 보내면서 뇌리를 스친다. 그런데 이렇게 스치듯 떠오른 영감을 적어두지 않으면 곧 잊어버리고 만다. 우리의 뇌는 영감을 떠올리기도 하지만 쉽게 잊기도 한다. 낱말 하나라도, 혹은 스쳐 지나가는 제목이라도 적어두면 그것들은 결국 작품으로 다 활용된다.

06

판타지 동화

'판타지'라는 말은 그리스어로 '눈에 보이도록 하는 것'의 뜻이 있다.

판타지란 현실로는 나타나지 않는 것을 상상의 힘을 빌려 어떤 특정한 모양으로 바꾸어 놓는 활동이나 힘, 또는 그 결과를 말한다.

아동문학은 꿈과 이상의 문학이다. 그러므로 '환상성'은 동화에서 매우 중요하게 다루어진다. 어린이들은 기본적으로 상상의 세계를 즐기는 특성이 있다. 아이들은 온갖 신비한 일을 겪으며 상상하기를 즐긴다. 그들이 가진 물활론적 사고와 신비한 세계를 동경하는 순진무구함은 판타지라는 장치를 통해 맘껏 날개를 키우도록 만든다.

소설에서의 판타지는 경이, 환상, 불안한 기괴의 뜻을 포함하고 있으며 1차 세계(현실)와 2차 세계(비현실) 사이에서 공존하고 있는 1, 2차 병치 세계를 소설의 판타지 세계라 보고 있다. 즉, 현실 너머의 시공간에서 벌어진 비현실적인 이야기가 현실 세계와 나란히 연결되어 나타날 때 판타지라 말할 수 있다.

현실에선 이해될 수 없는 이상스러운 이야기가 비현실 세계에서 벌어지는 것은 당연하다. 그러한 비현실적인 이야기가 현실과 관계 맺음을 할 때 비로소 판타지로 볼 수 있는 것이다.

어린이뿐만 아니라 우리 인간 모두는 꿈과 이상을 가지고 있다. 인간의 내면에 숨겨진 욕망은 판타지라는 하나의 문학적 장치를 통해 이룰 수 있다. 환상은 현실 너머에 존재하는 것이 아니라, 발 딛고 있는 현실의 감춰진 틈새에 존재한다고 말할 수 있다. 현실에서 소외되고 억압된 존재들은 현실의 질서가 어긋나면서 감춰놓은 욕망을 내보이길 은근히 바랄 것이다. 이렇듯 판타지는 인간들의 숨겨진 욕망의 발현이라고 할 수 있다.

아이와 나를 위한 상상력 놀이, 월드플레이
(가상 세계 만들기)

세상을 바꾼 천재들의 공통점은 어릴 때 월드플레이, 즉 가상 세계를 만들면서 놀았다는 사실이다. (미셸 루트번스타인, 『내 아이를 키우는 상상력의 힘』 문예출판사)

니체, 모차르트, 샬롯 브론테, C.S. 루이스, J.R.R. 톨킨, 융 등 많은 천재가 어릴 때부터 자신이 꾸민 나라에서 상상력을 키웠으며 훗날 이런 월드플레이는 창조적인 새 작품의 세계를 열리게 한 토대가 됐다는 것이다.

니체는 다람쥐 왕을 만들며 놀았고, C.S. 루이스는 애니멀랜드를 통해 나니아 연대기를 써냈다. 톨킨은 자신이 어릴 때 꾸몄던 월드플레이가 훗날 반지의 제왕 호빗마을의 토대가 되었다.

▶ 나만의 가상 세계 만들기

니체의 〈다람쥐 왕〉, C.S 루이스의 〈애니멀랜드〉, 톨킨의 〈호빗마을〉 등을 본
뜬 여러분만의 가상 세계를 만들어보자.
왕국을 중심으로 주변 환경, 주변 인물, 성격, 음식, 생태계(동물, 식물, 기후),
음악(노래), 주인공 등 만들어보기.

① 수강생 작품 – 보라보라 랜드
이 세계는 국경없이 자유로이 왕래가 되는 세상이다. 아직은 과학이 많이 발
달하지 못했지만 과학이 닿지 않는 곳에는 신비한 일들과 마법이 종종 대체한다.

② 수강생 작품 – 붉은 돌 소인의 나라
곤충의 신, 휴식의 신, 숲의 신들이 있는 이 랜드에는 '붉은 돌 소인의 나라'가

있다. 소인의 나라는 꽃가루로 만들어놓은 작은 인간이 사는 나라이고 꽃가루가
이들의 에너지가 된다. 에너지가 소멸하자 누군가 에펠탑에 붉은 돌멩이를 올려
다 놓아야만 하는데 겁쟁이 고양이가 탑에 올라가기까지 여러 세상이 펼쳐진다.

▶ 판타지 꾸며보기

수수께끼를 못 맞춰 (○○○○나라)에 붙잡혀 와 일을 하는 아이들
↓
이것과 어울리는 가상 랜드를 꾸며 볼 것

판타지 동화 어떻게 쓸 것인가?

판타지는 꿈속의 일이 아니다.

판타지는 '만약'이라는 가정에서 출발한다. '사실일지도 몰라', '아니 사실임이 틀림없어'라고 생각하게 만드는 것, 그것이 판타지를 쓰는 의미인 것이다. 비현실의 세계를 뚜렷하게 현실화시켜 사실처럼 믿게 하는 것이다.

– 판타지에서의 상징은 단순한 비유나 은유가 아니라 인간의 마음속 깊은 곳에 있는 것과 같은 눈에 보이지 않는 진실을 작가의 내적인 체험과 이미지를 통해 그려내는 것이다.

– 판타지는 리얼리즘이다.

판타지라고 해도 사실적으로 그려야만 설득력이 있다. 꿈속의 일로 결말지어 버리는 허탈함보다는 사실로 믿게 하는 설득력이 있어야 한다.

– '신비로움'을 효과적으로 연출한다.

– 갔다가 돌아와서 또 가고 싶어지는 이야기

판타지에서 가는 곳은 비일상적인 세계이다. 몇 번이라도 가고 싶어지는 매력은 물론이고, 책을 펴면 금방 그 세계로 빠져들게 하는 리얼리티가 있어야만 한다.

– 어린이의 마음을 해방하는 판타지

판타지의 목적은 어른과는 다른 어린이의 인간성을 크게 성장시키고, 답답한 현실에서 마음껏 해방하는 데 있다.

– 니시모토 게이스케, 『동화창작법』(미래H&B) 참고

현실에선 이해될 수 없는 이상스러운 이야기가 비현실 세계에서 벌어지는 것은 당연하다. 그러한 비현실적인 이야기가 현실과 관계 맺음을 할 때 비로소 판타지로 볼 수 있는 것이다. 어린이분만 아니라 우리 인간 모두는 꿈과 이상을 가지고 있다. 인간의 내면에 숨겨진 욕망은 판타지라는 하나의 문학적 장치를 통해 이룰 수 있다. 환상은 현실 너머에 존재하는 것이 아니라, 발 딛고 있는 현실의 감춰진 틈새에 존재한다고 말할 수 있다.

07

동화의 제목에 대해

제목이란 '누구', '무엇', '어떻게' 등 정보의 일부 또는 전부를 독자에게 일러주는 것이다. 제목은 작품 전체를 대변하는 기능을 한다. 또한, 상징적이면서도 유인 기능을 한다.

제목의 변경 전후 비교해보기

처음 제목	변경 후 제목	비 고
쉿, 비밀친구예요	등받이 친구	첫 제목이 크게 시선을 잡지 못하여, 아이와 노인이 공원 벤치의 등을 맞댄 채 친구가 된 상징적 의미를 담았다.
슬픔은 펭귄의 날개를 타고	펭귄의 파란 조끼	첫 제목이 너무 길고 감상적이다. 동화 내용에서 엄마가 떠준 인형의 조끼가 중요한 의미를 담고 있기에 선명성을 강조했다.
저주 공책	주토벤의 수상한 공책	'저주 공책'이 임팩트는 있으나 어린이 동화에서 부정적 이미지가 강해 읽기도 전에 오해할 여지가 있어 순화시켰다.
우리 동네 세탁소	우동 세탁소	'우동'과 '세탁소'는 전혀 어울리는 말이 아니므로 낯섦으로 인해 독자는 궁금증을 갖게 된다. 낡은 가게 유리문의 글자가 지워져 '우 동'만 보이는 세탁소에서 벌어지는 환상적인 내용에 어울린다.

제목은 작품 전체를 대변하는 기능을 한다. 또한, 상징적이면서도 독자들을 끌어들이는 유인 기능을 한다. 제목을 어떻게 짓느냐에 따라 작품의 성공이 결정되기도 한다.

·

VI

나도 작가

01

글쓰기 당선사례

이곳에 소개된 사례들은 필자와 함께 동화 공부를 하며 등단을 하게 된 작가들의 실제 사례들이다. 더 많은 사례가 있지만 대표적으로 몇 사람만 소개해 보기로 하겠다.

신춘문예 당선작 「외로움담당관」 (김태희 작가)

스크랩해 둔 신문 기사에서 작품 소재를 찾음

2022년 무등일보 신춘문예 동화 당선작은 김태희 작가의 「외로움담당관」이라는 작품이었다. 김태희 작가는 우연히 영국정부는 시민들의 외로움을 담당하고 책임지고자 외로움담당관이라는 직함을 붙였다는 기사를 보았다고 했다. 그 기사를 스크랩해 놓고 그것이 결국 작품이 된 것이다.

엄마가 돌아가시고 슬픔을 겪던 주인공은 과자를 먹으며 외로움과 허기를 달래느라 비만이 되었다. 과자를 못 먹게 하는 고모와도 갈등을 일으킨다. 그럴 때면 주인공은 피난처인 계단을 오르곤 했는데 층마다 냄새가 다름을 느낀다. 유난히 냄새가 지독한 어느 할머니 집 앞 계단에서 할머니를 만나게 되는데, 그 할머니는 엄마와 모녀처럼 지냈던 독거노인이다. 할머니는 주인공에게 자꾸 밥을 같이 먹자고 한다. 거부하던 주인공이 비 오는 날 할머니가 갖고 온 우산으로 인해 마음이 열리고 할머니 집에서 함께 밥을 먹게 된다. 냄새나서 싫던 청국장을 함께 먹으면서 서로의 외로움담당관이 되어주는 이야기이다.

할머니는 얼굴이 환해지며 이번에는 조기를 발라서 내 숟가락에 얹어주었다.

"나라에서 혼자 사는 노인들 보살펴주지만 그래도 외로워. 그런데 네 엄마가 나를 외롭지 않게 해줬단다. 네 엄마가 이런 말을 하던데. 영국에는 외로움담당관이 있다고. 그러면서 자기가 내 외로움담당관이라나 뭐라나. 호호. 그 말이 얼마나 고맙던지."

"외로움담당관이요?"

"그래. 우리 같은 독거노인들은 하루 종일 말 한마디 뱉을 일이 없거든. 그런데 네 엄마가 나한테 말도 걸어주고 (중략) 네 엄마 덕분에 외로울 새가 없었는데 이렇게 나보다 먼저 가버릴 줄이야."

할머니 눈가가 그새 붉어졌다. 그 순간 나도 밥이 목에 걸려 넘어가질 않았다. 꾹꾹 참았던 엄마 생각에 울컥 그리움이 몰려왔다.

- 김태희 「외로움담당관」 중에서

'외로움'이라는 주제는 아이들뿐만 아니라 어른들에게도 많은 공감을 주는 소재이며 주제이다. '외로움'은 소외감, 왕따문제, 노인문제 등 어디에든 적용되는 이야깃거리다. 현대인들이 활발하게 SNS 활동을 하는 것은 어쩌면 다중 속에 외로움의 표현일지도 모른다. 이 작품은 외로움과 음식을 결합함으로써 심리적 허기를 달래주는 방식이다.

> ▶ 나도 작가
>
> '외로움'을 소재로 글을 써보자.
>
> 기사에서 글감 찾아보기.
>
> 기사를 읽다 보면 쓰고 싶은 주제를 찾아낼 수도 있고, 소재를 찾아낼 수도 있다.
>
> 예)
>
> ① 우크라이나 난민에 관한 기사
>
> → '난민'을 주제로 동화를 써보자. (주제)
>
> ② 어린이들의 초상권에 관한 기사
>
> → 내 아이의 초상권을 소재로 써보자. (소재)

시니어 신춘문예 당선작 「등받이친구」 (추순애 작가)

내 주변의 아이들을 직접 접하고 관찰하면서 쓴 작품

2021년 글로벌경제신문 제1회 시니어 신춘문예 당선작 「등받이친구」는 작가가 같은 동네에 사는 키가 작은 아이를 보며 작품을 쓰게 된 것이다. 동화에서는 왜소증으로 키가 작아 친구들에게 놀림을 당하는 아이가 등장한다. 속상할 때면 혼자만의 공간에서 울분과 서러움을 토해내던 주인공에게, 어느 날 등을 맞대고 앉게 된 의자 등받이 쪽에서 주인공을 위로해주는 아이의 목소리가 들려온다. 분명 노인인데 아이 목소리를 내는 할아버지는 주인공과 눈높이를 같이 하여 목소리 친구가 되어준다.

나는 손등으로 눈물을 훔치며 혼자 중얼거렸어요. 그런데 그때 누군가 나와 등을 맞대고 앉으며 물었어요.

"왜 우니?"

나는 움찔 놀라 뒤를 돌아보았어요. 분명 내 또래 아이의 목소리였거든요. 그런데 내 등 뒤에 앉아있는 사람은 나보다 덩치가 큰 어른이었어요.

"왜 우냐고?"

등을 맞댄 사람이 내게 다시 물었어요. 나는 목소리를 듣고 깜짝 놀라 눈물이 쏙 들어가 버렸어요. 분명히 아이 목소리였거든요. 그것도 아주 씩씩한 남자아이요.

"누, 누구세요?"

등을 맞대고 있던 사람이 말없이 자리에서 일어서더니 내 앞으로 왔어요.

- 추순애 「등받이친구」 중에서

이 작품이 눈길을 끄는 이유는 연령 차이가 나는 두 인물이 등을 맞댄 채 목소리로 친구가 되어준다는 사실이다. 둘은 우정을 나누게 되고, 알고 보니 할아버지는 성우였음을 짐작하게 하는 마지막 결론이 흥미로운 작품이다. 또 투고하기 전까지 제목을 고민하다가 평범하게 서술된 제목을 '등받이친구'로 바꿔 작품의 이미지를 선명하게 하였다.

글로리 시니어 신춘문예는 100세 시대를 맞아 청년 못지않은 열정을 지닌 50세 이상의 시니어들을 대상으로 하는 신춘문예 공모로 시, 동화, 소설, 수필 장르마다 당선자를 뽑고 있다.

▶ 나도 작가

'주변의 아이' 관찰하여 써보기

- 내 아이, 내 아이의 친구, 오다가다 만났던 아이, TV에서 보게 된 아이, 까칠한 아이, 혼자 노는 아이, 화를 잘 내는 아이, 거짓말 잘하는 아이, 착한 아이 강박증이 있는 아이 등

보훈 신춘문예 당선작

「바닷가 마을에 번진 들불」 (박은정 작가) / 「기억포토카드」 (김민정 작가)

'항일운동'이라는 주제에 따라 각기 색깔이 다른 작품

2023년도 아주경제 보훈 신춘문예 동화공모는 두 편의 당선작을 뽑는 대회였다. 단편 동화 25매 안팎의 작품을 공모했는데, 제주 해녀들의 항일운동을 소재로 쓴 「바닷가 마을에 번진 들불」과 베이징 교포들이 독립운동가들의 흔적을 기억하고자 하는 「기억포토카드」 작품이 당선되었다. 사실 지망생들은 이런 주제로 동화를 쓰는 일이 어렵기만 하다. 하지만 신인들은 과감한 글쓰기 도전을 할 필요가 있으며, 이런 글을 쓰고 나면 자신의 글쓰기 역량이 크게 자라나는 것을 볼 수 있다.

이 공모 자체가 국내 및 해외의 항일운동과 독립운동가들에 대한 정신을 계승하는 데 그 취지가 있음을 인식해야 한다. 박은정 작가는 서울을 떠나 제주 생활을 하던 때였기에 나는 제주와 관련된 일제 저항운동을 조사해서 써보라고 그에게 주문했다. 제주는 신화 및 역사의 소재가 풍부한 지역이다. 이 고장에 사는 작가가 그런 작품을 쓰지 않는다면 직무유기이기도 하다. 박은정 작가는 해녀와 그 고장의 저항운동에 대해 많은 자료 조사를 한 뒤 물질로 먹고사는 제주 소녀를 주인공으로 생생히 살아있는 작품을 써냈다. 해산물값을 제대로 쳐주지 않는 일제의 부당한 행위에 대해 아이들이 오름에서 벌이는 저항운동은 읽는 순간 카타르시스를 안겨준다.

미주와 덕령이는 친구들을 데리고 다랑쉬 오름 꼭대기에 가 있었다. 제주의 거센 바람이 미주의 머리칼을 마구 흩뜨려 놓았다. 미주는 평소 할머니가 하던 말이 떠올랐다.

'키 큰 삼나무들이 바람을 막아주고 있어. 제주 바람의 신들이 해녀를

항상 지켜주고 있단다. 그러니 아무 걱정 말어.'

"얘들아. 이제 해녀들이 이곳으로 모두 올라올 때까지 우리는 만세를 부르는 거야."

미주는 발도 닿지 않은 깊은 물 속에 잠수한 순간을 떠올렸다. 세상에 무서울 게 없는 순간. 지금도 그런 순간이라고 생각했다.

- 박은정 「바닷가 마을에 번진 들불」 중에서

김민정 작가는 검색을 통해 베이징에서 실제 교포들이 재개발로 사라져가는 독립투사들에 대한 흔적을 기록으로 남기고자 한다는 기사를 작품에 활용했다. 작가는 K팝 열풍으로 인해 아이들이 좋아하는 '한류 연예인 포토카드'를 아픈 역사를 기억해야 하는 '기억포토카드'로 치환시켜 작품을 살렸다. 작가가 만들어낸 '기억포토카드'라는 명징한 소재는 완벽한 주제 역할을 해냈고 어린이 독자들에게 친근하게 다가가면서도 선명하게 각인시키는 역할을 해냈다.

그동안 할머니께서 중국뿐 아니라 여러 나라 회원들에게 사진을 받아 제작한 포토 카드의 양은 상당했다. 나와 한결이는 사이좋게 가방 안에 나눠 담았다.

"이제야 이 카드들이 빛을 보는구나. 나는 이제 나이가 들어 곧 세상에 없을 텐데... 타지에서도 오직 내 나라만을 생각한 독립운동가들을 기억해 준다면 참 좋겠다고 생각했는데 말이다. 너희 같은 아이들이 있어서 참 다행이구나. 고맙다."

할머니의 얼굴을 타고 내린 눈물은 한 장의 포토 카드 위로 떨어졌다. 사진 속에 꼬마 아이는 아빠의 손을 꼭 잡은 채 환하게 웃고 있었다.

- 김민정 「기억포토카드」 중에서

내 생활과 거리가 먼 낯선 것들을 배경으로 글을 쓰는 일이 때로는 버겁다.

그럴 때마다 내가 지망생들에게 하는 말은 '작품 배경이 제주든 베이징이든 조선시대든 고려시대든 사람 사는 모습은 다 똑같으니 겁먹지 말고 써내라.'라는 것이다. 다만 자료 조사를 한 만큼, 지명이라든지 실제 생활에 대한 디테일을 잘 살려 작품 속에 녹여내면 작품에 대한 신뢰를 확보하게 된다.

▶ 나도 작가
'항일 운동', '저항 정신'에 대해 써보자.

평소 문제의식을 느꼈던 사회적 주제를 동화로 써보기
예)
폭력, 빈부 격차, 노동 문제, 왕따 문제, 외톨이, 강요, 불안증, 애착, 공존, 생명존중, 상실감 등

국립생태원 동화공모 대상 당선작 『펭귄의 파란 조끼』 (김미경 작가)

자료 수집에 따라 여러 차례 변형되며 놀랍게 달라지고 다듬어진 작품

국립생태원은 해마다 생태 문학 공모제(동시, 동화)를 통해 생태와 환경보존에 관한 관심과 이해를 높이고 있다. 제6회 국립생태원 동화공모 대상 작품으로 수상한 『펭귄의 파란 조끼』는 생태에 대한 인식을 심어줄 뿐만 아니라 문학적으로도 잘 형상화된 작품성을 보여줬다.

엄마를 잃은 주인공은 주재원인 아빠를 따라 지구 반대편인 남아공 케이프타운으로 와서 우울하게 지낸다. 펭귄 서식지로 유명한 지역의 바다에서 펭귄

들을 보며 주인공은 엄마가 살아생전에 뜨개질로 떠서 자기 가방에 매달아준 펭귄 인형을 생각한다. 어느 날 바다에서 기름때를 뒤집어쓴 채 떠밀려 와 죽어있는 펭귄을 보면서 안타까움을 느낀다. 주인공은 아빠와 함께 펭귄 임시보호소로 자원봉사를 가게 되고 그곳에서 아기 펭귄을 만나 돌보게 되는데 체온 유지가 중요한 아기 펭귄에게 엄마가 떠준 파란 조끼를 입혀주며 아기 펭귄에게 사랑을 전한다. 주인공은 봉사를 통해 엄마에 대한 슬픔을 치유해 나간다.

검진이 끝나고 바깥으로 나왔지만 여전히 어린 펭귄은 온몸을 벌벌 떨고 있었다.

"콩아, 많이 추워? 큰일이다."

그때 태오 머리에 번개처럼 스쳐 지나는 것이 있었다.

"그래, 그거야."

태오는 자신의 등에 메고 있던 가방을 얼른 벗겼다. 엄마가 떠서 매달아준 엄마 펭귄이 입고있는 파란 조끼를 벗겨 콩이에게 입혔다. 조끼가 살짝 끼긴 했지만 체온을 유지하기에는 더할 나위 없었다.

"우리 엄마가 떠준 건데 너 줄게. 이거 입고 빨리 나아."

태오는 콩이를 품안에 안아 자신의 체온을 나눠줬다. 콩이의 숨소리가 안정을 찾아갔다.

　　　　　　　　　　　　　　　　－ 김미경 『펭귄의 파란 조끼』 중에서

이 작품은 처음에는 악어를 통해 아동학대라는 주제를 이야기하려고 써 내려가다가 악어에서 펭귄으로 소재가 바뀌고, 그러다 보니 펭귄에 대한 여러 자료를 찾게 되면서 이야기가 훨씬 풍부해졌고, 전달하는 주제도 생태로 변하게 된 것이다. 생태동화 공모는 생태의식을 길러주기 위한 목적성뿐만 아니라 아이들의 관심을 끄는 스토리 전개와 문학적 형상화가 바탕이 되어야 한다.

<u>문예지 당선작 『대리 친구』</u> (최민혜 작가)

일상생활 속 낱말에서 영감을 얻고 주제의식을 먼저 떠올려 쓰게 된 작품
문예지 〈동화향기 동시향기〉 제1회 아침신인문학상을 수상한 『대리친구』 작품은 진실한 친구 관계에 대한 작품이다.

진실하고 주체적인 친구 관계를 맺지 못하는 주인공은 어느 날 '돈 2천 원만 주면 뭐든지 맞춰주는 친구가 되어준다.'는 쪽지를 발견한다. 친구의 호감을 사기 위해 항상 거짓된 마음으로 비굴하게 친구의 비위를 맞춰주기만 하던 주인공이, 이번에는 돈으로 자신에게 맞춰주는 대리친구를 만난다. 하지만 마음이 통하는 것이 아닌 돈으로 빌린 친구 관계에서 주인공은 더 간절하게 진실한 친구를 원하게 된다.

나는 달님이에게 문자를 보냈다.

"달님아, 나 우리 집 앞 공원인데 지금 올 수 있어?"

손가락이 살짝 떨려왔다. 잠시 뒤 답장이 왔다.

"돈은 있지?"

"아니, 나 엄마랑 싸워서 아무것도 못 가지고 나왔어."

"그럼 안돼."

달님이의 문자는 차가웠다. 눈물이 터져나왔다. 다행히 공원에는 아무도 안 보였다. 나는 마음놓고 한참 울었다. 외롭고 슬플 때 불러낼 수 있는 친구 하나 없다는 게 쓸쓸했다.

나는 왜 친구랍시고 함께 다니는 해나, 리나에게는 문자조차 못 보내는 걸까?

'함께 울어주는 친구가 진짜 친구라던데. 나의 진짜 친구는 누구일까?'

- 최민혜 『대리 친구』 중에서

작가는 부르면 언제든 달려와 대신 운전을 해주는 '대리 운전'에서 생각을 떠올렸다고 한다. 친구 관계는 아이들에게 가장 중요한 문제이며 고민거리다. 돈을 주고 부르면 달려와 해달라는 대로 맞춰주는 친구가 있다면 과연 행복할까. 진정한 친구 관계란 무엇인지를 깨달아가는 과정을 그린 동화다.

이 작품은 원고지 30매 단편 동화로 써서 신인문학상에 당선되었고, 이후 장편으로 늘려 책으로 출간되었다. 작가의 첫 장편 동화집이며 문화예술위 문학 나눔 도서로 선정되었다.

> ▶ 나도 작가
>
> 일상용어 + ○○○을 넣어서 써보자.
>
> 일상 속 낱말에서 동화감을 찾아 써보자.
>
> 예)
>
> 불량○○ (불량 아빠) , 대리○○ (대리 친구), ○○세탁소 (걱정 세탁소),
>
> ○○계약서 (우정 계약서) , 가짜○○ (가짜 배꼽), ○○편의점 (감정 편의점)

창작동화집 발간 등단 『우리는 유쾌 상쾌 통쾌』 (박수현 작가)

생생한 캐릭터들이 시선을 끄는 작품

문예지나 신춘문예 공모를 통한 등단도 있지만 출판사에서 창작동화집을 출간함으로써 등단으로 인정하는 경우도 있다. 박수현 작가의 『우리는 유쾌 상쾌 통쾌』는 저학년 장편으로 쓴 것을 출판사에 원고 의뢰를 했고, 출판사에 서 출간 의사를 밝혀와 당당히 인세 계약을 했고 동화책으로 나왔다.

박수현 작가는 오랫동안 방송작가로 활동을 해와, 글쓰기 기본 필력이 있던 사람이었으나 문학 공모제의 당선은 이런 필력과는 별개로 운이 작용하는 때 도 많다.

평소 재치있는 입담의 글쓰기 저력을 갖고 있기에, 조심스레 저학년 장편을 써보라고 권했고, 그렇게 해서 쓰게 된 저학년 장편 원고를 출판사에 의뢰해 보았다. 저학년 장편은 원고지 100매~150매 정도인데, 등단을 위해 평소 원 고지 30매 단편만 썼던 작가가 처음으로 쓴 장편 원고였으나 이야기가 재미있 고 매끄러웠다.

세쌍둥이 금유 금상 금통은 어느 날 공원에서 발견한 나무집 안에 장난스레 '소원을 말해 달라.'는 쪽지를 넣어둔다. 그런데 누군가가 정말 소원을 빌어왔고, 그 주인공의 소원을 들어주기 위해 세쌍둥이들은 유쾌 상쾌 통쾌한 작전을 벌인다.

이 작품은 생생한 캐릭터들이 시선을 끄는 작품이다. 작품에서 캐릭터 창조는 중요하다. 세쌍둥이 외에도 작가는 동화 속에 등장하는 녹음실의 아빠를 작가의 실제 남편 캐릭터를 가져와 생생하고 친근한 아빠로 등장시켰다.

우리 아빠는 소문난 괴짜입니다. 우리 세쌍둥이의 이름을 '유쾌 상쾌 통쾌'라는 말을 듣고 떠올렸을 정도로요. (중략)
"누가 뭐래도 난 우리 세쌍둥이 이름이 제일 멋진 것 같아!"
"저도 제 이름이 좋아요. 금유! 왠지 똑똑하고 유식해 보이잖아요."
(중략)
아빠가 음악 감독인 건 모두가 아는 사실이지만 성우 시험을 보는 건 우리 세쌍둥이만 알고 있습니다. 다른 사람들 몰래 도전하고 있기 때문입니다.
아빠는 늘 우리들의 꿈을 응원해 주었습니다. 막내 통이의 꿈이 지우개였을 때도 '넌 분명 말랑말랑하고 똥이 덜 나오는 멋진 지우개가 될 수 있을 거야.'라고 응원해 주었습니다. 그래서 우리도 아빠의 꿈을 응원합니다.
                                    - 박수현 『우리는 유쾌 상쾌 통쾌』 중에서

출판사는 많은 원고를 검토하여 신중하게 책을 내는 곳이다. 사실 등단이라는 제도를 통해 검증됐다 해도 신인 작가들이 출판사에 원고를 의뢰했을 때 거절당하는 일은 빈번하다. 한 권의 어린이 도서를 낼 때 비용이 천만 원 정도 들기 때문에 출판사는 원고를 신중히 고른다. 그러므로 등단을 했다 해도 책을 내는 일이 쉬운 일은 아니다. 그러나 원고만 좋으면 출판사에서 마다할 이유가 없다. 더욱이 요즘은 예전과 비교하면 신인들에게 많이 열려있다.

박수현 작가는 그 후에도 동화책 『기후 악당』 등을 출간했으며 국립생태원 동시 공모에서 대상 수상으로 동화, 동시 두 장르를 넘나드는 작가로 활동하고 있다.

기업 및 기관의 문학 공모제
마로니에 여성백일장, KB동화공모, 삶의 향기 동서문학상 등

기업이나 문화체육관광부 또는 지방자치단체의 기관에서 개최되는 문학 공모제도 눈여겨볼 필요가 있다. 마로니에 여성백일장은 문화예술위원회에서 주최하고 있고, 금융기관이나 기업에서 개최하는 문학상 공모도 꽤 여럿이다.

마로니에 여성백일장은 해마다 10월에 서울 종로구 마로니에 공원에서 개최된다. 시, 산문, 아동문학 장르의 대회가 개최되며 당일 현장에서 글제가 발표되어 원고지 20매 분량으로 써내는 백일장이다. 이 대회는 부문별 장원과 우수상, 장려상, 입선을 뽑아 장원에게는 작가 자격을 부여하고 있다.

글제는 보통 대회마다 네 개 정도 부여되는데, 외갓집, 이별, 출근, 그림자, 고양이, 열쇠, 기념일, 가방, 약속, 의자 등 해마다 다양하게 주어진다. 이 대회는 여성들에게만 자격이 주어지며 당일 현장에서 결과가 발표되기도 하는 옛 방식을 고수하는 문학 공모제이다.

여성에게만 자격이 주어지는 것이 요즘 같은 성평등 시대에 어긋날 수도 있으나, 40년이 넘은 꽤 전통이 있는 문학 공모제이다. 원고지 20매 분량이므로 소품적이며 일상의 공감이 가는 동화들이 응모되고 있다.

또 '국민은행', '교보문고', '동서식품' 등 기업에서 주최하는 문학 공모제가
있다. 해마다 주최하는 '삶의 향기 동서문학상' 역시 많은 상금을 걸고 동화,
동시, 시, 소설, 수필 등 각 장르에서 다수의 입상자를 뽑는다. 이 공모제의 장
점은 마로니에 여성백일장처럼 대상, 금상, 동상, 입상 등 부문별 수상자를 여
러 명 뽑는다는 장점이 있다. 물론 대상과 금상 수상자까지만 등단으로 인정해
주며 한국문인협회 회원 자격을 부여해주고 있다.

하지만 신춘문예나 대형 출판사 공모 등 대부분 문학 공모제는 단 한 사람
만을 수상자로 뽑기 때문에 단 1명에 당선되는 것은 실력뿐 아니라 운도 크게
작용을 한다. 당선자는 오직 한 사람이기에 작품의 우수성을 기본적으로 갖추
고 있어도 때로는 심사위원의 문학적 취향에 따라 당선과 낙선의 운명이 결정
될 수도 있다.

몇 번의 도전에서 번번이 고배를 마시고 나면 문학에 대한 도전이 무모하게
느껴지기도 하고 기운이 빠진다. 하지만 여러 명의 입상자를 뽑는 대회는 비록
등단 자격은 대상과 금상까지 있지만, 가능성이 훨씬 열려있다는 이점이 있다.
이런 공모제에서 입선하게 되면 자신의 실력을 한 번쯤 확인하게 되면서 자신
감이 생기고 문학에 대한 열정을 다시 이어가게 만든다.

제15회 동서문학상 당선 「나는야 임진각 독수리」 (박락원)

제15회 동서문학상 맥심상을 수상한 박락원 작가는 「나는야 임진각 독수리」
라는 단편을 썼는데 꼬리연을 주인공으로 한 의인화 동화이다. 하늘을 나는 연
이 남북의 경계를 넘어 북으로 날아가 실향민의 슬픔을 위로해주는 작품인데,
의인화 동화가 갖는 한계점과 또 북으로 넘어가는 설정이 작위적일 수 있어,
쓰고 다듬으면서 많은 고민을 했다.

하지만 일단 자신의 글쓰기 실력을 확인하기 위해 과감히 도전했고 맥심상을 수상했다. 수상을 계기로 박락원 작가는 더 도전할 수 있었고, 대학원에 진학하여 그림책을 전공하였다. 이제는 교과서 편집위원으로 일하며 또 그림책 전문가로서 활동하고 있다. 『지금, 우리 그리고 그림책』이라는 그림책 서평 집(공저집)을 출간하였고 우수콘텐츠로 선정되어 제작 지원도 받았다.

▶ 글 잘 쓰는 팁

① 첫 부분의 중요성
- 놀라운 부분으로 시작하여 시선을 잡을 것
어디로 달아날지 모르는 아이들의 시선을 꽉 붙들려면 첫 시작이 새로워야 한다. 어린이야말로 제일 냉정한 독자다. 흥미를 끌지 못하면 내 작품은 바로 버려진다. 사람도 첫인상이 중요하듯 동화도 흥미를 끄는 요소를 찾아내 첫 부분에 넣는 것이 중요하다.
- 내 글을 읽는 독자들이 한없이 관대할 거란 생각은 금물!
시작이 진부해서는 절대 독자를 끌어당길 수 없다. 또한, 첫 시작이 진부한 글 치고 좋은 작품 또한 없다.

② 첫 시작의 서술 방법
- 옛날이야기를 전하는 것처럼 설명하듯 서술하면 진부한 느낌이 든다.
- 현대문학에서의 동화 서술은 입체적으로 상황을 보여줘야 한다.

예1)

바닷가 작은 마을에 수염이 덥수룩한 할아버지가 살고 있었어요. 그 할아버지는 오래전부터 고래를 지키는 할아버지로 유명했어요. 할아버지는 바다를 나갈 때면 지도를 보고 나갔어요.

→ 할아버지는 커다란 지도를 펼쳤다. 접힌 부분이 하얗게 바랜 아주 낡은 지도였다.

할아버지는 턱수염을 매만지며 끙 소리를 냈다.

"음, 고래들이 올라올 때가 됐어."

예2)

지금으로부터 100여 년 전인 1930년, 제주 동쪽의 작고 아름다운 하도리 마을 바다에 아이들이 살았어요. 어느 날 아이들은 바닷가에 모여 하나씩 바다에 뛰어들기 시작했어요.

→ 참 이상했다. 일 년도 넘게 해온 물질이지만 오늘따라 미주는 바다 앞에 서자 가슴이 턱 막혀왔다. 물질이란 게 원래 그랬다. 바다 깊이 들어갈 때마다 사방이 껌껌해지면서 두려움이 몰려오고 저승으로 가는 것만 같았다.

"첨벙! 첨벙!"

위의 예문을 통해 서술방식의 차이점을 느껴보자.

③ 캐릭터를 서술할 때

문학작품 속에서 캐릭터는 중요하다. 캐릭터에 따라 성패가 좌우된다.

옛날에는 삶이 단순했으므로 인물 유형 또한 보편적이고 단순했다. 하지만 현대에는 삶이 복잡해지고 다양해서 작품 속에도 다양한 인물군이 존재한다.

인물을 창조할 때 모습을 자세히 묘사하면 생생히 살아난다.

예)

영수는 잘난 체하길 좋아하고 멋 부리기를 좋아하는 아이예요.

→ 영수는 새의 깃털 같은 머리 모양으로 물을 들였다. 8월의 더위에도 티셔츠를 여러 개 겹쳐 입는 레이어드 패션을 한 채 친구들을 기다리고 있었다.

(설명식의 글보다는 앞에서 보는 듯이 묘사해보기)

④ 문장 다듬기

문장은 매우 중요하다. 읽어갈 때 계속해서 어설픈 문장이 나온다면 작품에 대한 신뢰와 믿음을 주지 못한다. 문장에 자신이 없을 때는 복문으로 쓰는 것보다 단문으로 정확하게 쓰는 것을 권한다. 그러면 문장의 오류가 줄어든다. 계속 꼼꼼히 다듬고 고쳐나가고 묘사를 해야 할 때는 집중적으로 묘사를 해나간다. 여기저기 어설프게 묘사를 남발하기보다 꼭 필요한 부분, 즉 문학적 표현이 필요한 부분에 집중적으로 공들여 묘사한다.

02

우리 모두의 동화 쓰기

엄마가 쓰는 동화

내 아이의 이야기를 동화로 써보기

엄마들에게 영원한 사랑의 대상은 바로 내 아이다. 전생에 무슨 인연인지 엄마들의 자식 사랑은 끈질기고 영원하다. 내 자식에 대한 사랑은 퍼주고 퍼주어도 솟아나는 샘물처럼 깊기만 한 것이 엄마들이다.

엄마들에게는 내 자식이 최고이며, 내 아이에게는 뭐든지 해주고 싶다. 그래서일까? 내 아이는 모든 이야기의 주인공이며 세상의 중심이 되고 싶을 것이다. 내 아이가 성장하는 과정을 그대로 지켜본 엄마들로서는 내 아이를 주인공 삼아 쓰는 이야기는 창작의 고통을 느끼면서도 신나지 않을까.

- 주인공 만들어보기

이름, 성격, 배경, 사건을 생각해본다.

아빠가 쓰는 동화

경험했던 일들로 동화 써보기

가장 쉽게 접근할 수 있는 동화 쓰기는 바로 자신의 경험을 바탕으로 쓰는 것이다. 글쓰기는 '경험'과 '기억'에 의한 것이다. 누구나 자신이 가장 잘 쓸 수 있는 글은 자신이 직접 겪은 일이다. 그런 글은 자연스러우며 생생하다.

아이들이 쓴 글도 마찬가지다. 보통 어린이 글짓기 대회에 출품된 글을 읽어 보면 아이가 직접 경험한 것을 쓴 글은 생생하며 감동이 있다. 그러나 경험이 아닌 관념에서 나온 글쓰기는 설명문처럼 딱딱하고 재미없다. 별로 감흥이 없다.

아빠들의 어릴 적 경험 이야기를 써보면 어떨까. 아마도 상황이 구체적으로 전개될 가능성이 있으며 감정이 고스란히 녹아있을 것이다. 대화글 하나하나도 거짓이 없고 생생하지 않을까. 또 아빠들은 자신의 경험을 비교적 솔직하고 담담하게 내놓을 수 있는 용기가 있다고 생각된다. 아빠 자신을 주인공으로 삼아 어릴 적 겪었던 일들을 써보는 것은 가장 쉽게 접근할 수 있는 글쓰기 방법이다.

또한 아빠의 경험담을 동화로 써서 자녀에게 읽어준다면 아이들은 귀를 쫑긋 세운 채 이야기에 푹 빠질 것이다. 아빠가 이런 일을 겪었다니! 아빠도 어릴 때 나처럼 이렇게 겁쟁이였구나, 혹은 아빠도 어린 시절 나처럼 엉터리였고, 개구쟁이였구나. 그런 사실만으로도 아이와 아빠와의 유대감은 강해질 것이다.

글쓰기는 '경험'과 '기억'에서 우러나온다. 자신이 경험한 것에서 몇 가지 기억을 떠올려보자.

① 가장 재미있었던 일은 언제 어떤 일이었나?

② 누군가에게 꼭 들려주고 싶은 이야기가 있는가?

③ 가장 슬펐던 일은 무엇이었나?

④ 가장 무서웠던 일은 어떤 일이었나?

⑤ 보고 싶은 친구가 있는가?

⑥ 깜짝 놀란 일은 어떤 것이었나?

⑦ 어린 시절 이상하다고 느꼈던 일들은 무엇인가.

⑧ 가장 강렬한 기억으로 남는 일은 무엇인가.

⑨ 나만의 공간이 있는가. 내 공간에서 벌어진 이상한 일은 없는가.

위에 열거한 것들을 떠올려보자. 기쁜 일도 좋고, 슬픈 일도 좋고, 무서운 일도 좋다. 꼭 거창한 이야기가 아니어도 좋다. 아이들은 아빠가 들려주는 사소한 이야기에도 깔깔깔 웃을 준비가 되어 있고, 시시한 모험담에도 눈을 반짝이며 궁금증을 보일 것이다. 비록 내 아이가 쓴 감상문에 '시시해'라고 쓰여 있더라도 그건 분명 거짓말일 것이다.

할아버지가 쓰는 동화

옛이야기 바꿔 써보기

어른들에게 듣는 옛날이야기는 언제 들어도 구수하고 재밌다. 인생을 오래 산 분들은 그만큼 경험도 많고 입담도 좋다. 요즘은 할머니, 할아버지들이 손자, 손녀를 돌보는 일들도 많다.

어릴 때 들었던 옛이야기를 나만의 이야기로 바꿔서 동화를 써보면 재미있다.

> – 글 써보기
>
> 어느 날 집에 있는 맷돌에서 신기한 일이 벌어졌다. 그 맷돌은 옛날옛날 한 옛날에 ○○○가 쓰던 맷돌이었다. 맷돌을 돌릴 때마다 어떤 일이 벌어질까 상상해 보자.

할머니가 쓰는 동화

자연 생태 동화 쓰기

글쓰기는 자연에서 소재를 떠올리는 경우가 많다. 동화 속에서 자연스럽게 자연 생태에 대해 알려주는 글은 어린이들에게 꼭 필요하다.

연암 박지원의 글쓰기는 '생태 글쓰기'였다. 연암은 자연에 대해 '변화와 창조의 공간'이라고 했다.

연암의 글쓰기 과정을 들여다보면,

탐구심으로 관찰하기 → 자연 사물과 교감하기 → 자료 모으기 → 제목에 따라 구상하기 → 협력적인 글쓰기 → 수정하기

- 박수밀 『연암 박지원의 글 짓는 법』(돌베개) 중에서

할머니들은 인생을 오래 살고 경험치가 많이 녹아나 있어, 자연에 대해서도 지속적 관찰의 경험이 있을 것이다. 무언가를 하나 잡아 관찰하면서 의인화 동화로 쉽게 접근해 보면 어떨까.

> – 생태 동화 쓰기
>
> 내 주변에서 본 자연물에 대해 동화를 써보자.
>
> (벌, 닭, 냉이꽃, 배추벌레, 맹꽁이, 꿩, 살쾡이, 반딧불이, 닭, 오리 등)

- 멸종위기 동식물을 조사한 뒤에 생태동화를 써보자

(고래, 산양, 수달, 여우, 담비, 소나무, 왕제비꽃 등)

예)

맹꽁이: 멸종위기종 2급으로 물웅덩이나 농수로 등에 알을 낳고 산다.

비 오는 날이면 맹~꽁~울어대는데 도시개발로 맹꽁이들의 서식지가 사라

질 위기에 처하자 맹꽁이들이 밤마다 울어대며 이사 갈 준비를 한다.

과연 어떤 일이 벌어질까?

할머니는 동화를 통해 자연스럽게 자연 생태에 대해 아이들에게 알려줄

수 있다.

삼촌이 쓰는 동화

판타지 동화 쓰기

삼촌은 좀 막 나가도 될 것 같다. 왠지 삼촌은 허풍을 떨거나 억지를 부려도 괜찮을 듯싶다. 조카와 삼촌은 무슨 이야기를 해도 재미나고 풍성할 것 같다. 이럴 때 막무가내로 판타지 동화 하나쯤 써보면 어떨까.

판타지 동화는 사실 현실을 바탕으로 하지만 자유자재로 상상의 세계를 노닐어 보아도 좋다. 글쓰기의 형식을 처음부터 너무 따지면 도전하기가 두려워지기도 한다. 우선은 '용감하게', '무식하게', '쉽게', '마구잡이'로 접근하는 방식을 권하고 싶다.

평소 상상했던 세계를 그려보면 어떨까.

판타지가 만들어지는 공간을 아래와 같이 잡아도 좋다.

삼촌의 방, 골목에 있는 빵집, 한밤중의 동물원, 으리으리한 백화점,
양탄자로 만든 가방, 골목 그림, 나침반이 끌고 가는 세상,
호루라기를 불면 판타지로 넘어가는 세상

- 판타지 동화 쓰기 : 아래 각 나라 만들어보기

* 수수께끼를 못 맞춰 (고양이 나라)에 붙잡혀 와 일을 하는 아이들
* 겁 많은 아이가 호루라기를 불면 환상의 세계로 이동
  (루라기 나라)에 가게 된 미호

'고양이 나라'와 '루라기 나라'는 과연 어떤 나라일까?

이모가 쓰는 동화

그림책 써보기

그림책은 어른과 아이가 함께 읽을 수 있는 책이며, 단순한 형식에 풍부한 내용, 즉 다의성이 있어 우리 삶의 진면목을 압축하여 잘 드러내 준다. 어린이의 세계를 진솔하게 보여줌으로써 어른에게도 감동과 깨달음을 안겨 준다. 그림책은 어른과 아이가 함께 함으로써 즐겁게 지낼 수 있는 가족 놀이의 의미도 있다. 또한 상상력을 끌어주고 그림을 통해 많은 질문과 대화를 끌어내기에 좋다.

그림책의 특성을 알아보자.

① '이야기가 담긴 그림'이어야 한다.

그림이 있는 동화책 : 글 내용이 중심

스토리가 있는 그림책 : 그림이 중심, 글은 그림을 뒷받침

(방점이 어디 찍혀있는가가 중요하다.)

② 언어 예술과 회화 예술의 각각의 특징을 살려 양쪽을 합해 독자적이며 독창적으로 형상화한 것.

③ 그림책은 그 자체가 하나의 완성된 세계여야 한다.

그림책은 하나의 화면으로부터 다음 화면으로 연결되며 발전하고 변화하는 통일된 그림책이어야 한다. 하나의 아름다운 세계에서 자유분방하게 생각하고 상상하게 하는 것으로 앞표지부터 뒷표지까지 하나의 세계가 펼쳐지는 그림책이 바람직하다. 단편적인 그림은 쇼윈도와 같다.

④ 그림책은 페이지를 넘길 때마다 각각의 그림이 무대 위의 공연처럼 장면이 펼쳐져야 한다.

⑤ 그림책의 그림은 다채로워야 하며 화가의 기발한 상상력이 발휘되어 장면이 다양하게 연출되어야 한다.

⑥ 각각의 장면이 예측 가능할 만큼 평범해서는 안 된다.

⑦ 상상력을 끌어내지 못하는 책은 좋은 그림책이 아니다.

⑧ 그림책은 말을 건네고 대화하는 그림책이어야 한다.

⑨ 좋은 그림책이란 아이뿐만 아니라 어른이 봐도 재미있고 감동적이어야 한다.

⑩ 아이들이 예쁘고 귀여운 그림만 좋아할 거라는 상식을 깨고, 예술성과 작품성이 뛰어난 것일수록 좋다.

⑪ 오늘날의 그림책 : 일러스트에서 설치미술에 이르기까지 그림의 세계는 넓다. 단순한 그림책이 아니라 깊은 문학성이 있어야 한다.

▶ 백희나 작가의 『구름빵』을 모티브로

OO 빵 그림책 써보기

예) 이모가 반죽하여 만들어준 OO빵을 먹은 아이들에게서 일어나는 놀라운 이야기

▶ 김경옥 작가의 『마로의 비밀 모자』를 모티브로

OO의 비밀 모자 그림책 써보기

예) 커다란 모자 속에 감추어 놓은 OOOO가 상상의 나라로 여행하는 이야기

작품 완성 후 〈체크리스트〉

1. 동심은 들어있는가?

2. 주제가 분명한가?

3. 소재는 적합한가?

4. 아이들이 쉽게 이해할 수 있는가?

5. 스토리는 자연스러운가?

6. 소재가 주제로 흐르지 않았는가?

7. 캐릭터가 잘 살아있는가?

8. 제목이 적절한가?

9. 맞춤법에 맞게 쓰였는가?

10. 교훈이 지나치게 노출되지는 않았는가?

11. 폭넓은 경험을 줄 수 있는가?

12. 시점이 적합한가?

13. 나이에 맞는가?

14. 시제, 어미 사용은 일관되고 옳은가?

15. 지나치게 서술적인 부분은 없는가?

16. 문장부호는 바르게 쓰였는가?

작품 완성 후 〈합평 시간〉

　작가들은 혼자 외롭게 작품을 써야만 한다. 충분히 작품 속에 몰입되어야만 완성도 높은 작품이 나올 수 있다. 혼자 몰입되어 창작하다 보면 때로는 작품의 객관적 판단이 흐려지기도 한다. 그래서 몇 명이 모여 합평 시간을 갖는 것이 매우 중요하다.

　같은 길을 가고자 하는 글쓰기 동료들은 내 작품의 첫 독자로서 조언을 아끼지 않는다. 서로 응원하며 좋은 아이디어도 공유할 수 있다. 내가 미처 발견하지 못한 치명적인 오류도 그들 눈에는 보일 수 있다. 서로의 작품을 합평해주고 평생의 글벗으로 지낸다면 글쓰기의 행복은 배로 늘어난다.

동화작가 안내서

초판 1쇄 발행 2024년 1월 5일
초판 2쇄 발행 2024년 12월 14일

지은이   김경옥

발행인   임영진
책임편집   김원섭
펴낸곳   이오앤북스
출판등록   제 2023-000037호
주 소   [13487] 경기도 성남시 분당구 대왕판교로 645번길 12
          경기창조경제혁신센터 7층 42호
대표전화   070-8919-8387   팩 스   031-601-6333
이메일   eonbooks@naver.com
홈페이지   www.eonbooks.co.kr
블로그   blog.naver.com/eonbooks
인스타   @eonbooks

ISBN 979-11-982203-4-9 (03800)